Laços

●●-●

Domenico Starnone

Laços

tradução
Maurício Santana Dias

introdução
Jhumpa Lahiri

todavia

Um escritor brilhante
Jhumpa Lahiri 7

Primeiro livro 17
Segundo livro 33
Terceiro livro 119

Um escritor brilhante

Jhumpa Lahiri

A necessidade de conter e a necessidade de libertar: são esses os impulsos contraditórios, as cargas positivas e negativas que interagem em *Laços*, de Domenico Starnone. Conter, em italiano, é *contenere*, do latim *continere*. Significa abrigar um conteúdo, mas também quer dizer refrear, reprimir, limitar, controlar. Em inglês, também nos esforçamos para conter [*contain*] nossa raiva, nossa vontade de rir, nossa curiosidade.

Um recipiente [*container*] é projetado para que se possa pôr algo dentro dele. Tem uma dupla identidade, pois ou está sem conteúdo, ou está ocupado: vazio ou cheio. Muitas vezes, os recipientes contêm aquilo que é precioso. Abrigam nossos segredos. Eles nos protegem mas também podem nos aprisionar, nos capturar. Os recipientes idealmente represam o caos: são feitos para impedir que as coisas se dispersem, que desapareçam. *Laços* é um romance cheio de recipientes, de coisas que contêm outras, tanto no sentido literal quanto no simbólico. Apesar desses recipientes, há coisas que se perdem.

Os personagens de *Laços* são poucos: uma família de quatro pessoas, um vizinho, uma amante que permanece fora de cena. Um gato, um policial, alguns estranhos. Mas há uma série de objetos inanimados que também desempenham papéis cruciais na alquimia deste romance: um envelope gordo que contém um maço de cartas, um cubo oco. Fotografias, um dicionário, cadarços, um lar. E o que esses objetos representam, se não vários tipos de agentes de contenção? Envelopes contêm cartas, e cartas contêm os pensamentos mais íntimos de alguém. Fotos contêm o tempo, um lar contém uma família. Um cubo oco pode conter o que quisermos que ele contenha. Um dicionário contém palavras. Cadarços — a tradução literal do título em italiano, *Lacci* — servem para conter nossos sapatos, que por sua vez contêm nossos pés.

E conforme esses objetos são abertos um a um — quando o elástico que prende o envelope é retirado, quando os cadarços são desamarrados —, o romance pega fogo. Como a caixa de Pandora, cada um desses objetos deflagra formas agudas de sofrimento: frustração, humilhação, anseio, ciúme, inveja, raiva.

Se o mito de Pandora é o *leitmotiv* de *Laços*, as tradicionais caixas chinesas, contidas uma dentro da outra, são o mecanismo subjacente, a morfologia. Toda a estrutura deste romance, na verdade, me parece uma série de caixas chinesas, com cada elemento da trama inserido de forma discreta e impecável dentro do elemento seguinte. Não há furos na construção, nada de fissuras. Nenhum detalhe escapou à atenção do autor; assim como na casa de Aldo e Vanda — o marido e a mulher que estão no centro desta narrativa veloz —, cada coisa está em seu lugar, em perfeita ordem.

A despeito dessa estrutura hermeticamente fechada, o efeito é exatamente o contrário. Uma energia vulcânica entra em erupção, se irradia, derrama-se nestas páginas. O romance lida com impulsos confusos, incontroláveis, que ameaçam romper o que consideramos sagrado. Na verdade, é um romance sobre o que acontece quando as estruturas — sociais, familiares, ideológicas, mentais, físicas — desmoronam. Questiona por que nos damos ao trabalho de criar estruturas, se no final vamos nos ressentir delas, fugir e desmantelá-las. É sobre nossa necessidade, coletiva e primordial, de ter uma ordem, e sobre nosso horror a espaços fechados, que é tão primordial quanto a primeira.

As caixas chinesas são, é claro, um recurso narrativo consagrado para descrever uma história engenhosamente contida dentro da outra: entre os exemplos incluem-se o conto "A sereia", de Lampedusa, e *Frankenstein*, de Mary Shelley. *Laços* brinca caprichosamente com esse recurso. É um único romance, mas também contém vários. Embora os elementos estejam alinhados com precisão, embora correspondam um ao outro, também estão separados. O romance pode ser lido como três painéis de um tríptico, mas a imagem das caixas chinesas continua sendo mais apropriada, na minha opinião, por sugerir um número infinito de aberturas e fechamentos, um jogo interminável.

Vamos dar um passo além e ver o próprio romance como um recipiente narrativo. Primeiro chamei *Laços* de caixa de Pandora; depois, de uma série de caixas chinesas, mas também é a caixa de um mágico que nos encanta, em que aparecem e desaparecem coisas. A história dá saltos, mudando radicalmente de tom. E embora eu tenha acabado de postular que é um romance muito ordenado, também é uma gloriosa bagunça. Os pontos de vista são distintos mas também se embaralham, o tempo pula para a frente e para trás, expandindo-se e contraindo-se. A trajetória vai de um ponto ao outro mas também é elíptica. O efeito é coerente porém imprevisível, alegremente livre de normas.

A genialidade de Starnone é sua competência em estar sempre brincando, tanto dentro quanto fora da caixa, às vezes conformando-se a ela, às vezes escapando dela. É essa dupla ilusão que dá ao romance tanto equilíbrio, tanta força. Embora perfeitamente tramado, embora totalmente gratificante, é um romance sem uma conclusão formal. Não chegamos a ver o fim. Há cenas óbvias ainda por vir, sempre outras caixas com as quais nos confrontarmos. O final é truncado, deixando-nos em suspense. Só um escritor com a mais elevada destreza é capaz de executar um truque como esse.

A metáfora da caixa do mágico nos leva a um dos temas centrais recorrentes em *Laços*: o de ser enganado, traído. Quer sejam iludidos por um anônimo ardiloso ou por um marido errante, quer sejam vítimas de um truque da mente ou dos caprichos da sorte, os personagens estão sempre sendo ludibriados, tapeados, embromados, engrupidos. O adultério, neste romance, implica uma transgressão tanto física quanto moral: pisar fora do lar da família, romper o laço entre marido e mulher. Mesmo que romper esse laço talvez não signifique muito mais do que se mover de um confinamento para outro.

Apesar de todos os muros sólidos, das estruturas reconfortantes que buscamos e construímos à nossa volta, Starnone sugere que não há lugar algum onde possamos nos sentir seguros. A vida é aquilo que trai o recipiente, aquilo que se derrama. Lembro-me de Cesare Pavese, que no conto "Suicidas" observa: *"La vita è tutto un tradimento"* [A vida é uma traição total]. Ou seja, o tempo nos trai, pessoas conhecidas e desconhecidas nos traem, traímos a nós mesmos vivendo, envelhecendo e, por fim, morrendo. Starnone complica a observação de Pavese — desembrulhando-a, digamos. *Laços* é menos sobre traição do que sobre a dor que volta à tona: apesar dos esforços diligentes para organizar experiências, emoções, memórias, elas não podem ser empacotadas, escondidas, reprimidas, arquivadas. Apropriadamente, em certo ponto há um sonho nestas páginas — uma imagem fecunda, indelével. Pois os sonhos tanto contêm quanto libertam a matéria convulsa da nossa psique, nossa alma.

Os diversos temas contidos no romance são estruturados em camadas. É uma reflexão sobre a velhice, a passagem do tempo, a fragilidade, a solidão. Sobre formas de herança: econômica, genética, emocional. É um livro sobre casamento, procriação, pais e filhos, o amor. Amor é uma palavra-chave em *Laços*, um termo que é questionado, repelido, apreciado, difamado. Em certo momento, Vanda diz que o amor é só "um recipiente no qual enfiamos tudo". Em essência, é um receptáculo vazio, uma variável em aberto que justifica nossos comportamentos e escolhas. Uma noção que nos consola, que na maioria das vezes nos engana.

Apesar de seu percurso tempestuoso, de sua visão sombria, *Laços* aponta fielmente para a liberdade e seu corolário, a felicidade. Sejam elas virtudes ou privilégios, sejam elas consideradas crimes, a liberdade e a felicidade, neste romance, são a mesma coisa: estados selvagens do ser que se recusam a ser domesticados, que não podem ser represados ou contidos. *Laços* lança um olhar frio sobre o preço da liberdade e da felicidade. Ao mesmo tempo celebra e condena estados dionisíacos de êxtase, de entrega. E, embora a felicidade muitas vezes implique nos vincularmos a outras pessoas — ou seja, transpormos os limites de nós mesmos —, é algo, em última instância, que os personagens vivenciam em caráter privado, sozinhos.

A caixa de Pandora liberta os males do mundo. Resta apenas a esperança. Também *Laços*, embora cáustico, embora perturbador, continua sendo um romance esperançoso. É banhado em luz, contém momentos de grande ternura. É lírico, ágil, enérgico. Também é muito engraçado. É uma grande obra de literatura. E nada me dá mais esperança do que isso.

Como tradutora de *Laços* para o inglês, também precisei quebrar um imenso recipiente: o da língua italiana. Por muitos anos procurei dentro dessa caixa, tentando juntar as peças de um novo sentido de mim mesma. Meu relacionamento com o idioma italiano se incubou e evoluiu dentro de um vaso sagrado pelo qual tenho muita estima. Meu impulso foi de guardá-lo, de não contaminá-lo.

Li *Laços* quando foi publicado na Itália, no outono de 2014, e me apaixonei por este livro. Ainda não tinha traduzido nada do italiano para o inglês. Na verdade, eu era avessa a essa ideia. Estava imersa no italiano, num feliz estado de autoexílio da língua (inglês) e do país (os Estados Unidos) que me marcaram de forma muito significativa. Mas o impacto deste romance foi avassalador para mim, e meu desejo, assim que o li, era traduzi-lo algum dia.

Identifiquei-me fortemente com Aldo porque, assim como ele, eu havia fugido, no meu caso para a Itália, procurando refúgio na língua italiana em busca de liberdade e felicidade. Lá eu as encontrei. Então, como Aldo, depois de ficar longe por alguns anos eufóricos, decidi voltar, com certa apreensão. Mudei-me de novo para a cidade que já havia sido meu lar, onde estava cercada pelo idioma do qual me afastara por vontade própria. Fiz tudo isso com o coração partido.

Um mês depois que voltei para os Estados Unidos, *Laços* venceu o Bridge Prize de ficção, concedido anualmente para um romance ou livro de contos italiano, que então é traduzido para o inglês. Li o romance uma segunda vez, ainda mais emocionada com ele, e então o discuti com o autor num painel na Embaixada Italiana em Washington. Depois do evento, Starnone me perguntou se eu cogitaria traduzi-lo. Eu topei. Como resultado, este romance me acompanhou durante um ano especialmente desafiador de minha vida. Por acaso, traduzi boa parte do livro enquanto estava empacotando minha casa inteira, enfiando numa série de caixas tudo o que acumulei ao longo dos anos.

Como tradutora, continuo fora do recipiente, no sentido de que o romance continua sendo a criação de outro escritor. É libertador não ter de inventar nada. Porém estou presa a um texto já existente, e portanto ciente de um maior senso de responsabilidade. Não há nada para inventar, mas tudo para acertar. Há o desafio de transplantar para uma língua algo que já floresce com muita beleza em outra. Para traduzir *Laços*, precisei me distanciar propositalmente do italiano — a língua que passei a amar mais do que todas —, desmantelando-o, tornando-o invisível.

No romance de Starnone, a vida precisa ser relida para ser vivenciada por completo. Só quando as coisas são relidas, reexaminadas, revisitadas é que são compreendidas: cartas, fotos e palavras são dicionários. A tradução também é um processo de repassar as coisas diversas vezes, escarafunchar o sentido, neste caso polivalente, de um texto. Quanto mais eu lia este romance, mais eu descobria.

Enquanto estava traduzindo, fiquei surpresa com o léxico fértil de termos que significam ou descrevem um estado de desordem. Fiz uma lista deles: *a soqquadro, devastazione, caos, disordine. Sfasciato, squinternato, divelto, sfregiato. Scempio, disastro.* Esses substantivos e adjetivos são refreados por uma única palavra predominante, recorrente: *ordine*. Ordem. Ou talvez seja a ordem que está constantemente sob ameaça, com os termos para desastre engolfando-a, solapando-a.

Outra palavra que me chamou a atenção, usada com frequência, é *scontento*. Pode significar infelicidade, mas é muito mais forte do que isso. É um amálgama de frustração, insatisfação, decepção, descontentamento. E embora as raízes sejam diferentes, não pude deixar de ponderar a proximidade, a inter-relação entre certos verbos em italiano com som ou escrita parecida que são tematicamente ligados: *contenere* [conter] e *contentare* [contentar]. *Allacciare* [laçar, amarrar] e *lasciare* [deixar].

Como já observei, o título deste romance em italiano é *Lacci*, que significa "cadarços". Mas *lacci* em italiano também é um meio de refrear, de capturar alguma coisa. Conota tanto um elo amoroso quanto um dispositivo de retenção. Em inglês, *Ties* [laços] abarca esta pluralidade de sentidos. Um título como "Laces" [cadarços] não a teria abarcado. Tendo feito essa escolha, me vem à mente a relação, em inglês, entre *untie* [desamarrar] e *unite* [unir], duas ações opostas que por acaso circulam neste romance.

O que acontece quando os cadarços são desamarrados? De fato, como já argumentei, o romance todo é uma série de atos de amarrar e desamarrar, de pôr em ordem e desmontar, de criar e destruir. A arte é mais questão de destruir do que de criar, observou Karl Ove Knausgård. Há alguma verdade nisso. Mas a arte não é nada se não for contida por uma estrutura exclusiva, definida e embalada numa única forma inviolável.

Meu amigo americano e colega tradutor do italiano, Michael Moore, acredita que Starnone — um escritor napolitano que cresceu falando dialeto e depois aprendeu a escrever em italiano, como acontece com tantos escritores italianos — é um dos poucos autores italianos contemporâneos que escrevem num italiano não contaminado. Meus amigos escritores italianos também enaltecem sua prosa transparente, sofisticada, cheia de nuances. Concordo com eles. Seu ritmo, seu léxico, flutuam livres de qualquer tendência. Sua prosa é impregnada de alusões clássicas, referências psicanalíticas, leis da física. Este romance, sua décima terceira obra de ficção, não se encaixa em nenhuma categoria ou gênero distinto: é um mistério sentimental inteligente, uma comédia de erros, um drama doméstico, uma tragédia. É um comentário astuto sobre a revolução sexual, a liberação feminina, os impulsos racionais e irracionais. É como um cubo de proporções perfeitas; virando-o de lado, você descobrirá outra faceta.

Há um trecho neste romance que me fez parar para prestar atenção da primeira vez que me deparei com ele, que me emociona de modo especial toda vez que o releio. Mostra um escritor sozinho em seu estúdio, não escrevendo, mas sim organizando seus livros e papéis. É uma reflexão sobre a existência e a identidade em sua forma mais essencial, e me ajuda a entender o ímpeto que está por trás daquilo que eu mesma faço. É um trecho sobre deixar rastros, sobre tentar desesperadamente, em vão, amarrar-se à vida em si. Revela o impulso humano, tolo e imperfeito, de perdurar.

Escrever é um jeito de resgatar a vida, de dar-lhe forma e significado. Escrever expõe aquilo que escondemos, desenterra o que negligenciamos, o que lembramos mal, aquilo que negamos. É um método para capturar, para prender algo num lugar, mas também é uma forma de verdade, de libertação.

Desencaixotando todas as caixas, acredito que este é um romance sobre a linguagem, sobre contar histórias e os descontentamentos desse ato. A mensagem inquietante de *Laços* não é tanto que a vida é passageira, que estamos sozinhos neste mundo, que ferimos uns aos outros, que envelhecemos e esquecemos, mas sim que nada disso pode ser capturado, nem mesmo por meio da literatura. Os recipientes talvez sejam o destino de muitos de nós, no sentido de que contêm nossos restos mortais. Mas este romance nos lembra que a escrita se recusa a ficar onde está, e que o esforço de contar histórias só consegue capturar as coisas até certo ponto. No fim das contas, a própria língua é o recipiente mais problemático; ela contém de mais e de menos ao mesmo tempo.

Sou profundamente grata a Domenico Starnone, não só pela obra que produziu, mas por ter me convidado e confiado em mim para traduzi-la. É com *Laços* que eu volto para o inglês, depois de um hiato de quase quatro anos sem trabalhar com essa língua. Foi este projeto que me inspirou a reabrir meus dicionários de inglês, meu velho dicionário de sinônimos, depois de um período considerável de abandono. Meu medo, antes de começar, era de que isso me distanciaria do italiano, mas o efeito foi justamente o contrário. Na verdade, me sinto mais ligada a essa língua do que nunca. Deparei-me com incontáveis novas palavras, novas expressões, novos jeitos de formular as coisas. E embora eu tenha traduzido o livro nos Estados Unidos, ele também me aproximou, em certo sentido, de Roma, a cidade onde eu estava vivendo quando descobri o livro, lugar onde se passa boa parte da ação do romance. Foi em Roma, cidade à qual sempre voltarei feliz, que revisei e concluí a tradução, e onde escrevo estas palavras introdutórias.

Essas observações dispersas não podem, de modo algum, conter minha admiração pelo que Domenico Starnone realizou nestas páginas. Fico tentada a organizar melhor meus pensamentos, mas o que realmente quero dizer é apenas isto: abra este livro. Leia-o, releia-o. Descubra as palavras, a voz, a destreza das mãos desse escritor brilhante.

Primeiro livro

Primeiro capítulo

1.

Caso tenha esquecido, egrégio senhor, permita-me recordar: sou a sua mulher. Sei que antigamente isso lhe agradava e agora, de uma hora para outra, já começou a aborrecê-lo. Sei que faz de conta que não existo e que nunca existi, porque não quer fazer feio diante da gente culta que você frequenta. Sei que ter uma vida regrada, ter de voltar para casa na hora do jantar, dormir comigo e não com quem lhe dá na telha faz com que se sinta um cretino. Sei que você tem vergonha de dizer: vejam, me casei no dia 11 de outubro de 1962, aos vinte e dois anos; disse sim na frente do padre, numa igreja do bairro Stella, e o fiz só por amor, não porque precisasse me proteger; vejam, tenho minhas responsabilidades, e se vocês não entendem o que significa ter responsabilidades é porque são pessoas mesquinhas. Sei disso, sei perfeitamente. Mas, quer você queira, quer não, o dado concreto é este: eu sou sua mulher e você é meu marido, estamos casados há doze anos — doze anos em outubro — e temos dois filhos, Sandro, nascido em 1965, e Anna, nascida em 1969. Preciso mostrar os documentos para refrescar sua memória?

Chega, me desculpe, sou exagerada mesmo. Conheço você, sei que é uma boa pessoa. Mas, por favor, assim que ler esta carta, volte para casa. Ou, se ainda não se sentir à vontade, me escreva explicando o que está acontecendo. Vou tentar entender, prometo. Já está claro para mim que você precisa de mais liberdade, e é justo, eu e seus filhos vamos tentar sobrecarregá-lo o mínimo possível. Mas você precisa dizer tim-tim por tim-tim o que há entre você e essa garota. Já se passaram seis dias e você nem telefona, nem escreve, nem aparece. Sandro está perguntando por você, Anna não quer lavar o cabelo porque diz que só você sabe enxugá-lo direito. Não basta jurar que essa senhora ou senhorita não lhe interessa, que não vai mais encontrá-la, que ela não tem importância, que foi apenas por ocasião de uma crise que vinha crescendo há tempos. Me diga quantos anos ela tem, como se chama, se estuda, se trabalha, se não faz nada. Aposto que foi ela quem o beijou primeiro. Você não é capaz de tomar a iniciativa, sei bem, ou o puxam para dentro, ou você não se mexe. E agora está confuso, notei seu olhar quando me disse: fiquei com outra. Quer saber o que eu acho? Acho que você ainda não se deu conta do que me fez. Entende que é como se tivesse enfiado uma mão na minha garganta e puxado, puxado, puxado até arrancar o que eu tenho no peito?

2.

Lendo o que você escreve, parece que eu sou a carrasca e você, a vítima. Não suporto isso. Estou me empenhando o máximo possível, estou me submetendo a um esforço que você nem imagina, e a vítima é você? Por quê? Porque levantei um pouco a voz, porque quebrei uma jarra de água? Você tem de admitir que eu tinha alguma razão. Você reaparece sem avisar depois de quase um mês de ausência. Parecia tranquilo, até afetuoso. Então pensei: ainda bem, ele voltou a si. Mas você, como quem não quer nada, me diz que a mesma pessoa que quatro semanas antes não lhe despertava nenhum interesse — bondade sua, você decidiu que já era hora de lhe dar um nome e a chamou de Lidia — agora é tão importante que você não consegue mais viver sem ela. Excetuando o momento em que você mencionou a existência dela, falou comigo como se se tratasse de um comunicado burocrático, diante do qual só me caberia dizer: perfeito, vá embora com essa Lidia, obrigada, farei de tudo para não incomodá-lo. E assim que tentei reagir você me impediu e passou a fazer discursos genéricos sobre a família: a família na história, a família no mundo, sua família de origem, a nossa. E eu devia ficar quietinha? Era isso que você esperava? Às vezes você é ridículo, pensa que basta misturar especulações genéricas e outras historietas suas para que tudo se encaixe. Mas estou cansada dos seus joguinhos. Você me contou pela milésima vez, mas com um tom patético que em geral não usa, como a péssima relação dos seus pais estragou sua infância. Recorreu a uma imagem dramática: falou que seu pai tinha enrolado sua mãe em arame farpado e que, toda vez que você via um nó de ferro pontiagudo entrando na carne dela, era um sofrimento. Depois você se concentrou na gente. Me explicou que, assim como seu pai fizera mal a todos vocês, do mesmo modo — já que aquele fantasma de homem infeliz, que lhe causou infelicidade, ainda o atormenta —, você temia fazer mal a Sandro, a Anna e principalmente a mim. Viu como não perdi nenhuma palavra? Por muito tempo você disse disparates, com uma tranquilidade pedante, sobre os papéis em que nos aprisionamos ao casar — o marido, a esposa, a mãe, os filhos — e nos descreveu — a mim, a você, aos nossos filhos — como engrenagens de uma máquina desprovida de sentido, forçados a repetir para sempre os mesmos movimentos tediosos. E prosseguiu assim, citando de vez em quando algum livro para que eu me calasse. No início pensei que me falava daquele modo porque lhe acontecera algo muito ruim e você não conseguia lembrar quem eu era, uma pessoa com sentimentos, pensamentos, voz própria, e não uma boneca do teatrinho de Pulcinella que você estava montando. Só muito tarde é que suspeitei que estivesse se esforçando para me ajudar. Queria que eu compreendesse que, ao destruir nossa vida em comum, na verdade você estava nos liberando, a mim e às crianças, e que deveríamos agradecer por essa sua generosidade. Oh, obrigada, quanta gentileza. E ainda se ofendeu porque o expulsei de casa?

Aldo, por favor, reflita. Temos de discutir a sério, preciso entender o que está acontecendo com você. Durante nossa longa convivência você sempre foi um homem afetuoso, tanto comigo quanto com as crianças. Você não se parece nem um pouco com seu pai, lhe garanto, e nunca notei essa coisa do arame farpado, das engrenagens e de outras baboseiras que você disse. Mas me dei conta — isso sim — de que nos últimos anos algo estava mudando entre nós, de que você olhava outras mulheres com interesse. Recordo muito bem aquela do acampamento, dois verões atrás. Você ficava deitado na sombra, lia por horas. Estava ocupado — dizia — e não dava bola nem para mim nem para as crianças: estudava sob os pinheiros ou deitado na areia, e escrevia. Mas, quando erguia os olhos, sempre olhava para ela. E ficava de boca entreaberta, como quando tem uma ideia confusa na cabeça e tenta lhe dar uma forma.

Na época, disse a mim mesma que não havia nada de errado naquilo: a moça era bonita, não se pode mandar nos olhos, mais cedo ou mais tarde um olhar acaba escapando. Mas sofri muito, sobretudo quando você começou a se oferecer para lavar os pratos, coisa que nunca acontecia. Você disparava para as pias assim que ela ia para lá, e só voltava quando ela voltava. Acha que eu sou cega, que sou insensível, que não me dei conta? Dizia a mim mesma: calma, isso não significa nada. Porque me parecia inconcebível que você pudesse gostar de outra, estava convencida de que, se você havia se apaixonado por mim, continuaria assim para sempre. Achava que os sentimentos verdadeiros não mudam, especialmente quando se é casado. Pode acontecer, dizia a mim mesma, mas só com pessoas superficiais, e ele não é assim. Depois percebi que eram tempos de mudança, que até você teorizava sobre a necessidade de acabar com tudo, que talvez eu estivesse absorvida demais pelas tarefas domésticas, pela gestão do dinheiro, pelas demandas das crianças. Comecei a me olhar no espelho às escondidas. Como eu era, o que eu era? As duas gestações me transformaram muito pouco, eu era uma mulher e uma mãe eficiente. Mas é óbvio que não bastava continuar quase idêntica a quando nos conhecemos e nos apaixonamos, aliás, talvez o erro fosse esse, eu precisava me renovar, tinha de ser mais do que uma boa esposa e uma boa mãe. Assim, tentei parecer com aquela moça do acampamento, com as jovens que com certeza circulavam à sua volta em Roma, e me esforcei para estar mais presente na sua vida fora de casa. Aos poucos começou uma fase diferente, e você percebeu, espero. Ou não? Será que notou, mas não serviu de nada? E por quê? Não fiz o suficiente? Fiquei presa no meio do caminho, não consegui me adequar às outras e continuei sendo do mesmo jeito que era? Ou será que exagerei? Fiquei jovial demais e minha mudança o perturbou, fez que sentisse vergonha de mim, não me reconhecesse mais?

Vamos conversar, não me deixe no escuro. Preciso saber sobre essa Lidia. Ela tem uma casa, você dorme lá? Ela tem o que você procurava e eu não tenho mais ou nunca tive? Você escapuliu evitando de todas as maneiras me falar com clareza. Onde você está? O endereço que me deixou é de Roma, o número de telefone também; mas eu escrevo e você não responde, ligo e ninguém atende. O que eu faço para encontrá-lo: telefono a algum amigo, passo na faculdade? Vou ter de gritar na frente dos seus colegas e estudantes, vou ter de dizer que você é um irresponsável?

Tenho de pagar a conta de gás e luz. Tenho de pagar o aluguel. E as duas crianças. Volte logo. Eles têm o direito de contar com pais que cuidem deles dia e noite, um pai e uma mãe com quem possam tomar o café da manhã, que os acompanhem à escola e depois os busquem na saída. Têm o direito de ter uma família, uma família com uma casa onde todos almoçam juntos e se brinca e depois se vê um pouco de tevê e depois se dá boa-noite. Diga boa noite ao papai, Sandro, e você também, Anna, digam boa noite ao papai sem choramingar, por favor. Historinha esta noite não, já está tarde; se quiserem historinha, vão logo escovar os dentes, papai conta, mas só quinze minutos; depois vamos dormir, porque senão chegamos tarde à escola, e o pai de vocês também pega o trem cedo, se chegar atrasado ao trabalho os outros reclamam. E as crianças — não lembra mais? — iam correndo escovar os dentes e depois lhe pediam que contasse a historinha, todas as noites, como sempre desde que as tivemos, como deve ser até que cresçam, até que saiam de casa e a gente fique velho. Mas talvez não lhe interesse mais envelhecer comigo, nem lhe interesse mais ver seus filhos crescerem. É isso? É isso mesmo?

Estou com medo. A casa é isolada, você sabe como Nápoles é, este lugar é terrível. De noite ouço barulhos e risadas, não consigo dormir, estou exausta. E se entrar um ladrão pela janela? Se nos roubarem a televisão, o toca-discos? Se alguém que não gosta de você resolve se vingar e mata a gente durante o sono? Será possível que você não entende o peso que me deixou nas costas? Esqueceu que eu não tenho um trabalho, que não sei como tocar o barco? Não me faça perder a paciência, Aldo, tome cuidado. Se eu quiser, vou fazer você pagar.

3.

Estive com Lidia. Ela é bem jovem, bonita, educada. Prestou muito mais atenção em mim do que você. E disse algo bastante sensato: você precisa conversar com ele, não posso me intrometer na relação de vocês. E é isso mesmo, ela é uma estranha, errei ao procurá-la. O que ela poderia me dizer? Que você gosta dela, que a conquistou, que se apaixonou por ela e continua apaixonado? Não, não, o único que pode explicar essa situação é você. Ela só tem dezenove anos: o que é que ela sabe, o que é que entende? Você tem trinta e quatro, é um homem casado, muito instruído, tem um trabalho digno, é estimado. Cabe a você me dar uma explicação ponderada, não a Lidia.

No entanto, depois de dois meses, tudo o que você me disse é que não consegue mais viver com a gente. É mesmo? E qual o motivo? Comigo — você jurou — não havia problema nenhum. Quanto aos seus filhos, nem se discute, são seus filhos, se sentem bem a seu lado, e você — como admitiu — fica muito bem com eles. E então? Você não diz nada, só consegue balbuciar: não sei, aconteceu. E se eu lhe pergunto se você tem uma nova casa, novos livros, objetos que lhe pertencem, você responde que não, não tenho nada, estou mal. E se eu digo: você está morando com Lidia, dormem juntos, comem juntos, você sai pela tangente e resmunga: que nada, a gente só se encontra, só isso. Vou lhe dar um aviso, Aldo: não brinque comigo, não aguento mais. Toda essa nossa conversa me parece falsa. Aliás, melhor dizendo, eu me esforço para ser sincera e isso me destrói, enquanto você mente para mim e, ao mentir, mostra que não tem mais nenhum afeto por mim, que me rejeita.

Estou cada vez mais assustada. Temo que arranje um jeito de transmitir o desprezo que nutre por mim às crianças, aos nossos amigos, a todo mundo. Você quer me isolar, me excluir de tudo. E acima de tudo quer evitar qualquer tentativa de reexaminar nossa história. Isso me deixa louca. Eu, ao contrário de você, sinto necessidade de saber, é urgente que me diga ponto por ponto por que me deixou. Se ainda me considera um ser humano, e não um animal que se afugenta com uma vara, você me deve uma explicação, e uma explicação convincente.

4.
Agora está tudo claro para mim. Você decidiu cair fora, nos abandonar à nossa própria sorte. Deseja uma vida só sua, não há lugar para nós. Deseja ir aonde quiser, encontrar quem quiser, realizar-se como quiser. Quer deixar para trás nosso pequeno mundo e entrar no grande com sua nova mulher. Aos seus olhos nós somos a prova de como você desperdiçou sua

juventude. Você nos considera uma doença que o impediu de crescer, e espera se recuperar sem a gente.

Se entendi bem, você desaprova que eu diga com tanta frequência *nós*. Mas é isto: eu e as crianças somos *nós*, você agora é *você*. Ao ir embora, destruiu nossa vida ao seu lado. Destruiu nosso modo de vê-lo, o que acreditávamos que você fosse. E o fez conscientemente, planejou, nos obrigou a perceber que você foi apenas um fruto da nossa imaginação. Assim, eu, Sandro e Anna agora estamos aqui, expostos à miséria, à mais absoluta falta de segurança, à angústia, e você goza quem sabe onde com sua amante. A consequência é que, a essa altura, meus filhos são só meus, não lhe pertencem mais. Você agiu de modo que aquele pai se tornasse uma ilusão, deles e minha.

Mas você diz que quer continuar mantendo relações. Tudo bem, nada contra, o essencial é que nos explique como. Deseja ser pai de pleno direito, mesmo tendo me excluído da sua vida? Deseja cuidar de Sandro e de Anna, dedicar-se a eles sem mim? Quer ser uma sombra que de vez em quando faz sua aparição e depois os deixa comigo? Pergunte a eles, veja se assim está bom para os dois. Só posso lhe dizer que o que eles pensavam que lhes pertencia você de repente tirou deles, e isso os deixou muito mal. Sandro o considerava seu ponto de referência, e agora está perdido; Anna não sabe que culpa ela tem, mas acha que é algo tão grave que você resolveu puni-la indo embora. A situação é essa, vire-se, eu vou ficar observando. Mas já lhe adianto que, primeiro, não vou permitir que você estrague minha relação com eles e, segundo, vou impedir que faça aos meus filhos mais mal ainda do que já fez, revelando-se uma figura paterna sem nenhuma consistência.

5.

Espero que agora esteja claro por que o fim do nosso relacionamento implica o fim da sua relação com Sandro e Anna. É fácil dizer: eu sou o pai e quero continuar sendo. Você demonstrou na prática que não há lugar para as crianças na sua vida atual, que quer se livrar delas assim como se livrou de mim. De fato, quando você realmente se preocupou com os dois? Aqui vão as últimas novidades, supondo que lhe interessem. Mudamos de casa, eu não tinha dinheiro para pagar o aluguel. Fomos morar com Gianna, de modo improvisado. Os meninos tiveram de mudar de escola e amigos, Anna está sofrendo porque não vê mais Marisa, a quem era tão ligada. Você sabia desde o início que acabaria assim, que ao me deixar eles sofreriam todo tipo de incômodo e humilhação. Mas você fez alguma coisa para evitar isso? Não, só pensou em si.

Você tinha prometido a Sandro e Anna que passaria o verão com eles, o verão inteiro, e veio buscá-los desanimado num domingo; eles estavam contentes. Mas o que foi que aconteceu? Depois de quatro dias você os trouxe de volta dizendo que cuidar deles o deixava ansioso, que você não se sentia à altura, e então foi viajar com Lidia, não deu mais as caras até o outono, não se perguntou como seriam as férias deles, onde, com quem, com que dinheiro. O que importava era seu bem-estar, não o dos seus filhos.

Mas passemos às visitas de domingo. Você chegava tarde de propósito, ficava poucas horas. Nunca os levou para passear, nunca brincou com eles. Ficava na frente da televisão, e eles, sentados ao seu lado, à espera, o espreitando.

E as festas? Natal, Ano-Novo, Dia de Reis, Páscoa, em nenhuma dessas datas você apareceu. Pior, quando as crianças lhe pediram explicitamente que as levasse com você, sua resposta foi sempre que não tinha onde recebê-los, como se eles fossem desconhecidos. Anna desenhou um sonho de morte que ela teve e o explicou a você ponto por ponto. Mas você nem piscou, não se comoveu, ficou só escutando e no final falou: que cores bonitas. Só se importava quando, nas nossas discussões, sentia a necessidade de enfatizar que você tinha sua vida, que sua vida não era a nossa, que a separação era definitiva.

Hoje eu sei qual é seu medo. Você teme que seus filhos enfraqueçam sua escolha de nos excluir, que se intrometam na sua nova relação e a atrapalhem. É por isso, meu caro, que é pura conversa fiada quando você diz que quer continuar sendo pai. A realidade é outra: livrando-se de mim, você quer se livrar também das crianças. É evidente que a crítica da família, dos papéis e outras tolices desse tipo são apenas uma desculpa. Você não está de jeito nenhum lutando contra uma instituição opressora, que reduz as pessoas a funções. Se fosse assim, perceberia que concordo com você, que também quero me libertar e mudar. Se fosse assim, uma vez desfeita a família, você pararia diante do precipício sentimental, social e econômico para o qual está nos empurrando e se apressaria em reconhecer nossa afeição, nossos desejos. Mas não. Você quer se livrar de Sandro, de Anna e de mim como pessoas. Somos vistos como obstáculos à sua felicidade, sentidos como uma armadilha que sufoca sua vontade de prazer, considerados um resíduo irracional e maligno. Você disse para si mesmo desde o início: preciso recuperar minha vida, ainda que isso os destrua.

6.

Você me dá o exemplo da escadaria. Diz: sabe quando a gente sobe uma escada? Os pés vão um atrás do outro, como aprendemos desde crianças. Mas a alegria dos primeiros passos se perdeu. Ao crescer, nos modelamos segundo o andar dos nossos pais, dos irmãos mais velhos, das pessoas às quais somos ligados. As pernas agora avançam com base em hábitos adquiridos. E a atenção, a emoção, a felicidade do passo se perderam, assim como a singularidade do andar. Nos mexemos acreditando que o movimento das pernas é nosso, mas não é, uma pequena multidão sobe com a gente aqueles degraus, e a ela nos adequamos: a segurança das pernas é apenas o resultado do nosso conformismo. Ou se muda o passo e se recupera a alegria do início — conclui —, ou nos condenamos à normalidade mais cinzenta.

Resumi bem? Agora posso lhe dizer minha opinião? Essa é uma metáfora idiota, você consegue fazer melhor, mas vou fazer de conta que é boa. Com seu modo figurado de sempre, você quis me mostrar que antigamente fomos felizes, mas que, depois, aquela felicidade sucumbiu a rituais que, se de um lado permitiram que os dias, meses e anos transcorressem sem maiores problemas, de outro sufocaram tanto a nós quanto às crianças. Perfeito. Mas agora você deve me explicar qual a consequência disso. Quer dizer que, se fosse possível, você voltaria de bom grado quinze anos atrás, mas, como não se pode regredir, e por outro lado o desejo de prazer dos inícios é forte, só lhe resta recomeçar com Lidia? É isso que você quer dizer? Se for, vou lhe dizer uma coisa. Há algum tempo eu também sinto que a alegria dos primeiros tempos perdeu força. Há algum tempo também penso que nós mudamos, que nossa mudança fez mal a nós, a Sandro e a Anna, que corremos o risco de um convívio turbulento para nós e as crianças. Há algum tempo também temo que, se nos reduzirmos a tocar a vida juntos e a cuidar dos filhos, agiremos contra nós mesmos e contra eles, e então é melhor me separar de você. Mas eu, *eu*, ao contrário de você, não acredito que as chaves do paraíso terrestre tenham sido perdidas por culpa sua, e que por isso eu deva me juntar a outra pessoa menos distraída. Eu não suprimo, não nego — buscando me libertar — a existência de vocês. E me libertar de que maneira? Formando outro casal e outra família, como você está fazendo com Lidia?

Aldo, por favor, não brinque com as palavras, eu estou exausta, é a última vez que tento trazê-lo à razão. Lamentar o passado é cretinice, assim como é idiotice correr sempre atrás de novos inícios. Seu desejo de mudança tem uma única saída possível, nós quatro: eu, você, Sandro e Anna. Temos o dever de nos permitir um novo passo juntos. Olhe para mim, olhe bem para mim, por favor, olhe e me veja. Não tenho saudades de nada. Estou tentando subir esses seus degraus miseráveis com meu passo e quero seguir em frente. Porém, se você não oferece nenhuma possibilidade nem a mim nem aos nossos filhos, vou recorrer aos tribunais e solicitar que as crianças fiquem exclusivamente sob minha guarda.

7.

Finalmente você fez um gesto inequívoco. Não pestanejou diante da decisão do juiz, não moveu uma palha para reivindicar sua tão invocada função paterna. Aceitou que eu me responsabilizasse exclusivamente pelas crianças, desdenhando do fato de que talvez eles pudessem precisar de você. Despejou a existência deles em mim, alijando-a oficialmente da sua. E, como quem cala consente, os menores agora estão confiados a mim. *Com eficácia imediata*. Muito bem, estou realmente orgulhosa de tê-lo amado.

8.

Me matei. Sei que devia escrever *tentei me matar*, mas não seria exato. Para todos os efeitos, estou morta. Você acha que fiz isso para forçá-lo a voltar? Foi por isso que, mesmo nesse caso, você teve o cuidado de não aparecer nem por cinco minutos no hospital? Temia se ver numa situação da qual não saberia mais fugir? Ou tinha medo de olhar bem de frente aquilo que você havia provocado?

Meu Deus, você é mesmo um homem fraco e confuso, desprovido de sensibilidade, superficial, o oposto daquela pessoa em quem acreditei durante doze anos. Você não se interessa pelas pessoas, como se modificam, como se desenvolvem. Você simplesmente se serve delas. Só lhes dá espaço se o puserem num pedestal. Você só se liga às pessoas caso elas lhe deem prestígio e um papel à sua altura, apenas se, enaltecendo-o, impedem que você veja que na verdade é um homem vazio e assombrado por sua vacuidade. Toda vez que esse mecanismo trava, toda vez que as pessoas se afastam e tentam crescer, você as destrói e segue adiante. Não fica parado, tem necessidade de estar no centro de tudo. Diz que é porque quer ser um homem do seu tempo. Chama esse seu frenesi de participação. Oh, claro que você participa, claro que toma parte, toma parte até demais. Mas no fundo é um homem passivo, adota ideias e palavras dos livros que estão na crista da onda e as recita, é totalmente sujeito a convenções e modas impostas por pessoas influentes de fato, entre as quais você espera ser logo incluído. Nunca é autêntico, e quando teria sido? Você nem sabe o significado dessa palavra. Só tem olhos para aproveitar as ocasiões, quando e se elas vierem. Em Roma surgiu a oportunidade de ser assistente na universidade, e você passou a ocupar o cargo. As manifestações estudantis o pegaram em cheio, e você começou a fazer política. Morreu sua mãe, que o mantinha agarrado a si, e, como eu estava lá, no papel de namorada, decidiu se casar comigo. Pôs filhos no mundo, mas só porque, sendo marido, lhe parecia necessário ser pai também — é o que se faz. Uma garota certinha apareceu na sua frente e, em nome da liberação sexual e da dissolução da família, você se tornou seu amante. Vai continuar assim para sempre, nunca vai ser o que quer, mas o que vier a calhar.

    Durante todo esse período terrível — três anos de tormentos —, tentei ajudá-lo. Dia e noite penei para sondar meu íntimo, procurei que você fizesse o mesmo. Você nem ligou. Me ouviu todo distraído, tenho quase certeza de que nunca nem leu minhas cartas. Enquanto eu reconhecia que sim, a família é sufocante, os papéis que ela impõe nos aniquilam, e por isso fazia um esforço insuportável para chegar ao cerne das coisas, e mudava, mudava em tudo, me expandia, você nem percebia e, caso percebesse, ficava incomodado, escapava, me destruía com meia palavra, com um olhar, um gesto. O suicídio, meu caro, foi uma ratificação.

Você me matou há tempos, e não no meu papel de esposa, mas como ser humano que estava em seu momento mais pleno e sincero. Que eu realmente tenha sobrevivido, que conste nos registros como ainda viva, não é uma sorte para mim — imagine —, mas para meus filhos. Sua ausência e seu desinteresse, mesmo numa situação como essa, me provaram que, se eu tivesse morrido, você teria seguido de qualquer jeito pelo seu caminho.

9.
Respondo às perguntas que você me faz.

Nos últimos dois anos eu sempre trabalhei, exercendo várias funções e em geral ganhando uma miséria, tanto no setor público quanto no privado. Só há pouco tenho um emprego estável.

Nossa separação foi de fato sacramentada pelo registro civil e pela declaração de custódia que você assinou. Não vejo urgência para outras iniciativas.

Recebo pontualmente o dinheiro que você me manda, embora eu nunca tenha pedido nada, nem para mim nem para meus filhos. Nos limites da minha condição financeira, tento não recorrer a você e faço uma poupança para Sandro e Anna.

A televisão quebrou faz tempo, e parei de pagar a assinatura. Você escreve dizendo que precisa restabelecer uma relação com seus filhos. Considera que, já tendo transcorrido quatro anos, é possível tratar o problema com serenidade. Mas o que ainda há para tratar? A natureza dessa sua necessidade não foi definida com precisão quando você caiu fora roubando nossas vidas, quando os abandonou porque não suportava a responsabilidade? De todo modo, li para eles seu pedido e os dois decidiram encontrá-lo. Lembro, caso você tenha esquecido, que Sandro tem treze anos e Anna, nove. Estão assolados por incertezas e medos. Não piore ainda mais o estado deles.

Segundo livro

Primeiro capítulo

I.

Vamos por partes. Pouco antes da viagem de férias, por causa de uma fratura no pulso que não queria sarar, Vanda alugou por duas semanas um estimulador elétrico, sob indicação de um ortopedista. O preço combinado com a empresa era de duzentos e cinco euros, e a entrega deveria ocorrer em vinte e quatro horas. No dia seguinte, por volta do meio-dia, bateram na porta e, como minha mulher estava ocupada na cozinha, fui abrir, precedido como sempre pelo gato. Uma jovem esbelta, de cabelos pretos e curtos, um pouco ralos, rosto delicado e muito pálido de onde despontavam olhos vivos e sem maquiagem, me estendeu uma caixa cinza. Peguei o pacote, minha carteira estava na escrivaninha, e disse: só um instante. Ela me acompanhou pela casa sem ser convidada a entrar.

— Lindo — exclamou, dirigindo-se ao gato —, como você se chama?

— Labes — respondi.

— Que nome é esse?

— Significa *o bicho*.

A garota riu, se inclinou, fez carinho em Labes.

— São duzentos e dez euros — disse.

— Não eram duzentos e cinco?

Ela balançou a cabeça, com a atenção voltada para o gato, enquanto lhe fazia cócegas no papo e sussurrava frasezinhas sem sentido. Depois, ainda agachada, me falou com o tom calmo de quem, passando de uma casa a outra a trabalho, sabe como acalmar a ansiedade dos velhos quando um estranho bate à porta. Abra a caixa, disse, a fatura está aí, são duzentos e dez. E, sempre acariciando o gato, correu os olhos para além da porta do escritório, com curiosidade.

— Quantos livros.

— Preciso deles para trabalhar.

— Um belo trabalho. E quantas estatuetas. Aquele cubo lá no alto tem um azul maravilhoso: é de madeira?

— Metal. Comprei em Praga, muitos anos atrás.

— É mesmo uma bela casa — exclamou, se levantando. Depois apontou a caixa de novo: — Dê uma conferida.

Gostei daqueles olhos luminosos.

— Está bem assim — respondi, e lhe dei os duzentos e dez euros.

Ela os recebeu e me deu um conselho, despedindo-se do gato:

— Não se canse lendo demais. Até a próxima, Labes.

— Até a próxima, obrigado — retruquei.

Simples assim, nada mais, nada menos. Passaram-se poucos minutos e Vanda saiu da cozinha com um avental verde que lhe chegava quase aos pés. Abriu a caixa, pôs a fonte na tomada, verificou se o gerador estava funcionando e examinou o solenoide para entender como deveria usá-lo. Enquanto isso, por curiosidade, dei uma olhada na fatura que acompanhava o aparelho. A garota tinha me enrolado.

— Algum problema? — perguntou minha mulher, que percebe se eu mudo de humor mesmo quando está distraída.

— Ela cobrou duzentos e dez euros.

— E você deu?

— Dei.

— Eu tinha dito que eram duzentos e cinco.

— Parecia uma pessoa correta.

— Era uma mulher?

— Uma garota.
— Interessante?
— Sei lá.
— É um milagre que tenha surrupiado só cinco euros de você.
— Cinco euros não é grande coisa.
— Cinco euros são dez mil liras de antigamente.

De lábios cerrados, como faz quando está contrariada, passou a estudar o manual de instruções. Ela se importa muito com dinheiro. A vida toda teve obsessão por poupar e ainda hoje, apesar dos achaques, não hesita em se abaixar para recolher do lixo das ruas uma moedinha de um centavo. É daquelas pessoas que nunca deixam de ressaltar, como um lembrete dirigido sobretudo a si mesmas, que um euro equivale a duas mil liras e que, se quinze anos atrás duas pessoas gastavam doze mil liras para ir ao cinema, hoje, que a entrada do cinema custa oito euros, gastam trinta e duas mil liras. Nosso bem-estar atual, e em certa medida também o de nossos filhos, que sempre nos pedem dinheiro, deve-se não tanto ao meu trabalho, mas sobretudo ao rigor dela. Então, o fato de cinco minutos antes uma estranha ter se apropriado de cinco euros nossos deve tê-la irritado tanto quanto ela se alegraria caso encontrasse o mesmo valor ao lado de um carro estacionado.

E, como de praxe, o desapontamento dela acentuou o meu. Vou mandar um e-mail para a empresa, falei, e me recolhi ao escritório com a intenção de denunciar a pequena fraude. Queria acalmar minha mulher, sempre fico ansioso diante da irritação dela, sem falar do sarcasmo pelo fato de eu, na minha idade, ainda ser estupidamente suscetível às manhas femininas. Então liguei o computador e por um tempo os gestos da entregadora, sua voz, suas palavras flutuaram na minha cabeça. Tornei a pensar no tom cativante com que dissera que gato lindo, oh, quantos livros, e me voltou à mente o modo solícito, quase afetuoso, com que insistiu para que eu abrisse o pacote e conferisse. É claro que ela só precisou de um relance para perceber que seria fácil me enrolar.

Admitir isso me incomodou. Tracei mentalmente uma linha entre como eu teria reagido alguns anos antes (*não me faça perder tempo, o valor foi combinado, até logo*) e como reagi agora (*o nome do gato é Labes, eu trabalho com os livros, comprei o cubo em Praga, tudo bem assim, obrigado*). Então decidi digitar umas frases ásperas. Mas logo fui tomado por uma desconcertante falta de interesse e pensei: vai saber como vive essa fulana, trabalhos precários e mal remunerados, pais dependentes, um aluguel exorbitante, a necessidade de comprar maquiagem e meias, um marido ou namorado sem emprego, problemas com droga. Se eu escrever para a firma — disse a mim mesmo —, com certeza ela vai perder até mesmo esse emprego mixuruca. No fim das contas, o que são cinco euros, uma gorjeta que eu mesmo, longe do olhar da minha mulher, teria dado a ela de bom grado. De todo modo, se nesses tempos de mesquinharia a moça continuar aumentando os preços para seu próprio ganho, logo vai topar com alguém menos tolerante, que a fará pagar por isso.

Deixei a carta para lá. Disse a Vanda que a enviara e esqueci o episódio.

2.

Alguns dias depois fomos para a praia. Minha mulher arrumou as malas e eu as carreguei para baixo, até o carro. Fazia muito calor. A rua, em geral com tráfego intenso, estava vazia, os prédios vizinhos em silêncio, as janelas e sacadas em grande parte protegidas por trancas e persianas abaixadas.

O esforço me cobriu de suor. Vanda queria me ajudar e, como eu a impedi — me preocupava com a fragilidade dos seus ossos —, me deu ordens sobre como ajeitar as malas. Estava nervosa, sair do apartamento a deixava ansiosa. Mesmo quando se tratava de passar apenas sete dias à beira-mar num hotel perto de Gallipoli — pensão completa a um preço aceitável, nada a fazer senão dormir, passear pela orla, o prazer dos banhos de mar —, ela continuava com a cantilena de que preferia ficar lendo na varanda entre o limoeiro e a nespereira. Moramos nessa casa há trinta anos e, toda vez que precisamos nos estabelecer em outros espaços, ela acaba se comportando como se não fôssemos voltar nunca mais. Com o passar dos anos, convencê-la a nos conceder algum conforto se tornou cada vez mais complicado. Primeiro, porque ela sempre acha que está errando com os filhos e os netos. Mas acima de tudo detesta deixar Labes, que ela ama e cujo amor é correspondido. Eu também obviamente gosto do bichinho da casa, mas não a ponto de sacrificar minhas férias. Então, com cautela, devo persuadi-la de que o gato vai estragar a mobília do hotel, empestear nosso quarto, incomodar os outros hóspedes com seus miados noturnos. E, quando ela finalmente aceita se separar dele, preciso garantir que nossos filhos deem uma passada para encher as tigelas do gato e limpar sua caixinha. Isso geralmente a deixa muito agitada. Nossos filhos não se dão bem, e é preciso evitar que irmão e irmã tenham de se encontrar por algum motivo. Sempre houve tensões entre eles, desde o início da adolescência, mas as coisas se complicaram uns doze anos atrás, com a morte de tia Gianna. Ao longo da sua existência difícil, a irmã mais velha de Vanda não teve filhos e se apegou especialmente a Sandro; no final, deixou um considerável montante para ele e quinquilharias de pouco valor para Anna, o que gerou uma desavença. Anna quis que as últimas vontades da tia fossem ignoradas e que a herança fosse dividida em partes iguais; Sandro se opôs. A consequência é que não se veem mais, e isso, além dos mil outros problemas da vida desordenada dos dois, causa grande sofrimento à mãe.

Então, para evitar que nem sequer se esbarrem quando precisam cuidar de Labes, eu elaboro turnos e horários; Vanda, que não tem nenhuma confiança nas minhas capacidades organizacionais, os supervisiona, e fica acertado que ambos os filhos fiquem com as chaves do apartamento. Isso para dizer como tudo é trabalhoso. Mas agora aqui estamos, ela e eu, entre nossas bagagens. Vivemos juntos há cinquenta e dois anos, um longo fio de tempo enovelado. Vanda é uma senhora falsamente enérgica de setenta e seis anos, eu, um senhor falsamente distraído de setenta e quatro. Ela organiza minha vida desde sempre sem disfarçar, eu sigo suas instruções desde sempre sem protestar. Ela é muito ativa apesar dos achaques, eu sou preguiçoso apesar da boa saúde. Já pus no bagageiro a mala vermelha, mas minha mulher resiste, não concorda, é melhor a preta embaixo e a vermelha em cima. Descolei com os dedos a camisa das costas, retirei a mala vermelha, depositei-a no asfalto gemendo de maneira exagerada, esbocei o gesto de pegar a preta. Naquele instante, um carro se aproximou.

Era impossível não notá-lo, já que não só a rua, mas toda a cidade parecia deserta, os semáforos mudavam de cor inutilmente, se ouvia até o gorjeio dos pássaros dentro das copas das árvores. O veículo passou bem perto de nós, avançou poucos metros, parou. Um segundo, dois, ouvi com nitidez o rumor das engrenagens na caixa de câmbio. Depois do gemido veloz da marcha a ré, o carro parou onde estávamos.

— Não é possível — exclamou o homem ao volante, uma sombra escura ao redor dos olhos, os dentes meio acabados. — A gente passa e olha: o senhor, justamente o senhor, aqui na rua, assim. Quando eu disser ao meu pai, ele vai ficar de queixo caído.

Estava entusiasmado, ria de contentamento. Deixei a mala preta para lá e tentei fisgar na memória algum traço dele — o nariz, a boca, a testa — que me ajudasse a entender quem era. Mas não fui capaz, ele tinha um rosto fugidio, e ainda mais fugidio pela emoção, não conseguia se acalmar. Falava sem parar, despejou em mim uma torrente de palavras sobre o pai, que se lembrava de mim com estima e afeto, sobre certas dificuldades que eu o ajudara a enfrentar quando jovem, sobre como finalmente as coisas se ajeitaram e, aliás, prometiam melhorar cada vez mais. Repetia a todo instante: que prazer, e embora eu não compreendesse se tinha feito algo de bom a ele, ao pai ou a ambos, me convenci quase de imediato de que ele devia ter sido meu aluno, talvez na breve fase da minha juventude em que ensinei num colégio de Nápoles, talvez na fase mais longa em que trabalhei na Universidade de Roma. Era comum topar com desconhecidos alegres em cujo rosto adulto, com frequência muito marcado, eu às vezes reconhecia — mas na maioria das vezes fingia reconhecer — ex-estudantes. Sim, concluí, é a hipótese mais provável, com certeza se trata de um ex-aluno, e não quis infligir ao homem a mágoa de não tê-lo reconhecido. Assumi uma expressão cordial e até perguntei:

— Como vai seu pai?
— Bem. Uns probleminhas no coração, mas nada grave.
— Mande lembranças a ele.
— Com certeza.
— E com você, tudo bem?
— Tudo ótimo. O senhor se lembra, não é, que eu queria ir para a Alemanha? Acabei indo e lá, finalmente, estou tendo um pouco de sorte. Na Itália quais são as possibilidades? Zero. Já na Alemanha abri uma pequena empresa, trabalho com couro, faço bolsas, jaquetas, coisas de qualidade, que vendem bem.
— Fico contente por você. E se casou?
— Ainda não, vou me casar no outono.
— Felicidades, e de novo mande lembranças ao seu pai.
— Obrigado, o senhor nem imagina como ele vai ficar contente.

Esperei que fosse embora, mas ele ficou ali. Por uns segundos continuamos com o sorriso estampado no rosto, sem dizer nada. Depois ele sacudiu energicamente a cabeça:

— Não, nada disso, sabe-se lá quando vamos ter outra oportunidade. Quero pelo menos oferecer um presente, ao senhor e à sua esposa.

— Em outra ocasião, agora precisamos ir.
— É rápido, só um momento.
O homem saiu do automóvel, era enérgico, decidido, abriu o porta-malas. Pronto, exclamou, dirigindo-se a Vanda, e lhe estendeu uma pequena bolsa reluzente que ela aceitou quase com irritação, como se temesse se sujar. Já para mim, o desconhecido escolheu uma jaqueta de couro preto e a pôs nos meus ombros murmurando: está perfeita. Eu me esquivei: é demais, não posso aceitar. Mas ele insistiu, tornou a dirigir-se a Vanda, queria lhe dar também um casaquinho com fivelas cintilantes. Esta é exatamente sua medida, disse a ela, todo contente. A essa altura, tentei pará-lo: você foi muito gentil, obrigado mais uma vez, mas chega de homenagens, está ficando tarde, vamos pegar trânsito. E ele mudou, de fugidio o rosto se tornou rígido: por favor, não é nada, fazemos o possível, só lhe peço um pequeno favor, uns euros para a gasolina, tenho de ir para a Alemanha, mas o senhor não é obrigado, se achar demais não é preciso, são presentes e continuam sendo.

Fiquei desconcertado: o pai, a gratidão, a pequena empresa alemã, os negócios de vento em popa, e agora queria uns euros para a gasolina? Levei a mão mecanicamente à carteira, procurei cinco euros, dez, descobri que só tinha uma nota de cem. Lamento, murmurei, mas nesse meio-tempo minhas têmporas já latejavam e eu estava prestes a dizer: aliás, não lamento coisa nenhuma, pegue suas coisas e saia daqui. Foi um instante. Com um gesto preciso, rápido e ao mesmo tempo leve, o homem desceu com o polegar e o indicador em pinça sobre minha carteira, fechou os dedos em volta dos cem euros, retirou-os com olhos cordialmente agradecidos e um segundo depois já estava ao volante, dando a partida e exclamando: obrigado, papai vai ficar muito contente.

Se o lance trapaceiro da garota dos solenoides tinha apenas me amargurado, aquele episódio me fez mal. O carro ainda não havia desaparecido no fundo da rua quando minha mulher exclamou, incrédula:

— Você deu cem euros a ele?
— Não dei nada, ele pegou.
— Isso aqui não vale um centavo. Sinta o cheiro, não é couro, parece bacalhau.
— Jogue tudo no lixo.
— Nada disso, vou doar à Cruz Vermelha.
— Tudo bem.
— Não, não está tudo bem. A gente cresceu em Nápoles, meu Deus, e você deixa que o enrolem desse jeito?

3.

Dirigi por horas, até o litoral, nauseado com o mau cheiro das jaquetas e da bolsa. Vanda não se conformava. Cem euros, repetia, duzentas mil liras, não é possível. Mas depois seu descontentamento diminuiu, ela deu um suspiro de resignação e disse: tudo bem, paciência, não pensemos mais nisso. Fiz logo sinal que sim e me esforcei para dizer algo igualmente conclusivo. Mas não achei nada de convincente e, enquanto isso, comecei a me sentir como se um choque qualquer pudesse me arrebentar. Culpa, acho, da conexão que estabeleci quase de imediato entre o trambiqueiro de dentes estragados e a entregadora morena. Em ambos os casos — pensei —, bastou uma olhada para decidirem: sim, com este aqui não tem erro. E tinham razão, me deixei enrolar facilmente. É óbvio que meu sistema de alarme deve ter se deteriorado até parar de funcionar. Ou, sei lá, com o passar dos anos a marca do homem que diz "comigo não" — um olhar, um trejeito da boca — se apagara. Ou mais simplesmente eu estava como que embotado, tinha perdido a elasticidade vigilante que ao longo da vida me permitiu sair da miséria das origens, criar filhos, me impor em ambientes inóspitos, conquistar certo conforto, me adaptar bem ou mal às circunstâncias. Não sabia como e em que medida tinha mudado, mas agora estava certo de que a mudança ocorrera.

Estávamos quase chegando ao destino quando tive outra pequena prova de que o risco de perder o controle do delicado sistema de pesos e contrapesos que por cinco décadas manteve minha existência em equilíbrio era algo concreto. Enquanto fazia malabarismos tediosos no trânsito imprudente das férias, me esforcei para recordar se no passado eu tinha sido trapaceado, mas não me ocorreu nada. Ao contrário, reemergiu um caso muito distante no tempo, em que eu me saí bem. Rompi um longo silêncio e, dando continuidade aos meus pensamentos, passei sem preâmbulos a contar a Vanda — que estava sonolenta, com a testa apoiada na janela — sobre a vez em que (com certeza era primavera) ela me acompanhara à RAI. Agora não lembrava exatamente em que ano tinha sido, nem o motivo: talvez — disse — nem fosse a RAI, talvez ainda nem trabalhasse lá, quem sabe aonde tínhamos ido. Mas o fato é que, ao final de uma corrida de táxi, eu havia dado ao motorista uma nota de cinquenta mil liras, ele insistia que eu dera uma de dez, e daí nasceu um bate-boca, o homem foi grosseiro até com ela, que tinha visto bem a nota de cinquenta e quis me apoiar. Agi com todo o desdém de que era capaz. Solicitei ao taxista nome, sobrenome e outros dados, e por fim anunciei que ele podia ficar com as cinquenta mil liras, mas eu iria imediatamente dar queixa à polícia. Primeiro o homem sibilou todos os dados com agressividade, depois resmungou frases do tipo: eu não devia ter saído hoje, quem me obrigou, estou resfriado, e então deu o troco certo. Lembra, perguntei, orgulhoso de mim.

Minha mulher acordou e me olhou perplexa:

— Você está se confundindo — rebateu gélida.

— Foi exatamente assim.

— Eu não estava no táxi com você.

No mesmo instante senti o rubor que me subia do peito queimando o rosto e tentei contê-lo.

— Claro que estava.

— Chega.

— É você que não se lembra.

— Já disse chega.

— Talvez eu estivesse sozinho — balbuciei, interrompendo-me bruscamente assim como tinha começado.

Fizemos o pouco que restava do percurso num silêncio carrancudo. Só recuperamos um pouco o bom humor ao chegarmos ao hotel, quando nos deram um quarto de frente para a praia e o mar. À noite o jantar nos pareceu excelente, e quando voltamos ao nosso quarto descobrimos que o ar-condicionado era muito silencioso, o colchão e os travesseiros perfeitos para preservar a alquebrada coluna vertebral de Vanda. Tomamos nossas pílulas e caímos num sono profundo.

Aos poucos fui recuperando a tranquilidade. O tempo ficou bonito durante os sete dias, a água era límpida, tomamos banhos de mar demorados e fizemos longos passeios. O campo e as casas não tinham consistência, em certas horas o mar exibia cores verde-azuis que resplandeciam sob o sol forte, e os fins de tarde eram vermelhos. Embora no bufê, tanto no almoço quanto no jantar, houvesse entre os hóspedes do hotel uma disputa sem regras para ver quem pegava mais comida, e Vanda me censurasse por eu encher pouco o prato, e a sala reboasse de forma irritante com o barulho de adultos e crianças, e depois das onze da noite os garçons nos alarmassem recomendando que não fôssemos à praia porque era perigoso, por isso trancavam as horas do sono atrás de uma considerável quantidade de portões tanto do lado do mar como do lado da rua, bem, no fim das contas foram férias agradáveis.

— Que ventinho gostoso.

— Água assim não se via há anos.

— Cuidado com as águas-vivas.

— Você viu águas-vivas?

— Não, acho que não.

— Então por que está me assustando?

— Era só por dizer.
— Ou para estragar meu banho.
— Que nada.

Graças à insistência de Vanda, conseguimos até um guarda-sol na primeira fila. À sombra, deitados em espreguiçadeiras viradas para a água soporífica, minha mulher leu volumes de divulgação científica, informando-me de quando em quando sobre o mundo subatômico ou sobre o espaço profundo; eu, romances e versos que às vezes lhe sussurrava não tanto para dizê-los a ela, mas para me conceder um prazer a mais. Depois do jantar, no terraço, várias vezes nos aconteceu de vermos juntos, no mesmo momento, o rastro de uma estrela cadente, e isso nos entusiasmou. Elogiamos o céu noturno, os cheiros no ar, e já no meio da semana não aquela praia, não aquele mar, mas todo o planeta nos pareceu um milagre. Nos dias seguintes me senti realmente bem. Saboreei a sorte de ser há setenta e quatro anos uma transmutação feliz da substância sideral que borbulha nas fornalhas do universo, um fragmento de matéria viva e pensante sem muitas indisposições e por puro acaso com uma escassa experiência de infortúnios. O único incômodo foram os pernilongos, que de noite picavam sobretudo a mim e deixavam Vanda em paz, tanto que ela afirmava que eles não existiam. Quanto ao resto, como era bom viver, como era bom ter vivido. Eu mesmo me espantei com o otimismo, sentimento para o qual não tenho nenhuma vocação.

No entanto, justo quando estávamos indo embora — às seis da manhã, para evitar o tráfego —, as coisas tomaram outro rumo. O céu se encheu de nuvens, e fizemos toda a viagem de volta sob uma chuva de gotas pesadas e grossas, por rodovias bem mais perigosas do que as da ida, entre relâmpagos e trovões impressionantes. Dirigi durante todo o trajeto, assim como na ida (Vanda dirige mal demais), embora em muitos momentos tenha tido a impressão de que não conseguiria me

manter na rota, sobretudo nas curvas, e temia que fosse bater entre as rodas dos caminhões ou contra a mureta.
— Por que correr assim?
— Não estou correndo.
— Pare, vamos esperar a chuva passar.
— Não vai passar.
— Ai, minha Nossa Senhora, que relâmpago!
— Agora vem o trovão.
— Você acha que está chovendo assim em Roma?
— Não sei.
— Labes tem medo de trovoada.
— Ele se vira.

Minha mulher, que na praia só tinha mencionado o gato ao ligar para Sandro ou Anna perguntando se estava tudo bem, começou a falar sobre ele com apreensão durante todo o caminho. Labes representava a tranquilidade da casa, onde ela, mesmo me atazanando pela direção perigosa, não via a hora de entrar. A ansiedade aumentou quando descobrimos que em Roma também chovia a cântaros, a água corria suja na beira das ruas, formava grandes poças escuras em torno dos bueiros. Estacionamos na nossa rua às duas da tarde e, apesar da chuva, fazia um calor sufocante. Descarreguei as bagagens. Vanda quis segurar o guarda-chuva para mim, mas, como ambos nos molhávamos desse jeito, eu lhe disse que fosse na frente. Depois de alguma resistência ela obedeceu, eu carreguei malas e bolsas, e cheguei ensopado ao elevador. Minha mulher, que já estava lá em cima, gritou do patamar da escada:
— Deixe para lá as bagagens e venha logo.
— O que foi?
— Não consigo abrir a porta.

4.

Dei pouca importância a isso. Se Vanda tiver de esperar uns minutos, pensei, o mundo não vai acabar — e ajeitei as bagagens no elevador enquanto respondia às suas solicitações cada vez mais insistentes com pacatos: pronto, já estou chegando. Apenas quando amontoei malas e bolsas no nosso andar me dei conta de que ela estava realmente assustada. Tinha conseguido girar as chaves, mas algo não funcionava. Olhe, me disse, e apontou a porta entreaberta. Empurrei, mas não aconteceu grande coisa: estava emperrada. Então, com uma torção dolorosa do pescoço, enfiei a cabeça no pouco espaço que havia.

— E aí? — perguntou Vanda, ansiosa, segurando-me pela camisa como se temesse me ver despencar quem sabe onde.

— Está tudo bagunçado.
— Onde?
— Lá dentro.
— E quem foi?
— Não sei.
— Vou ligar para Sandro.

Lembrei a ela que nossos filhos já tinham saído de férias: Sandro com certeza viajara naquela manhã para a França, com os filhos de Corinne; Anna, vai saber onde estava. Vou telefonar mesmo assim, disse minha mulher, que confia mais no filho homem do que em mim, e procurou o celular na bolsa. Mas de repente desistiu, se lembrou de Labes e o chamou com voz grave e imperativa. Esperamos: nenhum ruído, nenhum miado. Então empurramos a porta juntos e, de tanto insistir, depois de certo estridor contra o piso, a fresta se alargou. Entrei em casa.

O vestíbulo, em geral impecável, estava irreconhecível. Como se tivessem sido arrastados numa enchente, o sofá e a mesa da sala tinham ido parar um sobre o outro. No chão, tombada de lado, jazia a velha escrivaninha de Anna. As gavetas estavam estateladas — ou tinham sido tiradas — e se espalhavam pelo piso, uma de pé, as outras reviradas entre antigos cadernos, lápis, canetas, compassos, esquadros e bonequinhos que pertenciam à infância e à adolescência da nossa filha.

Dei alguns passos com cuidado, mas logo senti um estalejar sob as solas, fragmentos do que restava de vários badulaques. Minha mulher me chamou: Aldo, Aldo, o que foi, você está bem? Examinei a porta. O que a impedia era um dos tantos cacos dispersos no assoalho; limpei o caminho e ela se abriu. Vanda entrou na casa com passo incerto, como se temesse tropeçar e cair. Ficou muito pálida, o bronzeado se transformou num limo esverdeado. Como tive a impressão de que estava prestes a desmaiar, agarrei-a pelo braço, mas ela se soltou, não disse nada, foi depressa para a sala, para os quartos antes ocupados por nossos filhos, para a cozinha, o banheiro, o quarto de casal.

Eu me deixei estar. Em geral, diante de circunstâncias de difícil resolução, diminuo o ritmo e tento evitar movimentos em falso. Já ela, depois de um instante de perplexidade, mergulha de cabeça no assombro e luta com todas as forças. Sempre agiu assim, desde que a conheço, e fez o mesmo dessa vez. Enquanto escutava seus passos no corredor, nos cômodos, senti mais uma vez, e com mais força, que eu era frágil e podia me espatifar. Olhei ao redor, pus a cara no meu escritório, atento para não pisar nas gravuras que até uma semana antes adornavam as paredes e agora jaziam no chão entre vidros quebrados, molduras destruídas, prateleiras arrancadas, livros desencadernados, cacos de discos de vinil. Ainda estava ali, recolhendo uma antiga vista de Capri, quando Vanda voltou. O que você está fazendo, disse transtornada, não fique aí feito um poste, venha ver, é um desastre. Enquanto isso, me antecipou em palavras o espetáculo da devastação: armários vazios, cabides e roupas para todo lado, nossa cama de pernas para o ar, uma furiosa investida contra todos os espelhos da casa e além disso persianas levantadas, janelas e sacadas abertas, vai saber quantos bichos entraram, lagartos, lagartixas, talvez até ratos. Caiu em prantos.

Levei-a de novo para a entrada. Desloquei a escrivaninha para um canto, pus no chão a mesa que estava escorada no sofá, recoloquei o sofá na posição, disse-lhe que sentasse. Fique aqui, falei com um tom involuntariamente irritado, e fui de um cômodo a outro cada vez mais atônito. Não havia lugar que não estivesse em desordem, precisaríamos de muitos dias, esforços e dinheiro para tornar o apartamento minimamente habitável de novo. O leitor de CD tinha ido parar no chão misturado a discos cintilantes, a velhos documentos antes organizados em pastas, a conchas — quantas conchas reduzidas a minúsculos fragmentos pelas solas dos sapatos — que Anna colecionava desde pequena e que guardávamos em caixas de papelão. Em toda parte, na sala de estar, no meu escritório, nos quartos das crianças, encontrei velhos móveis de valor afetivo com danos de todo tipo. E o banheiro? Uma pocilga: remédios, algodão, papel higiênico, pasta de dente, cacos de espelho, sabonete líquido para todo lado. Senti o peso da dor, não a minha, mas a de Vanda. Era ela quem cuidava da casa como se fosse um organismo vivo, era ela quem a mantinha limpa e arrumada, que impusera aos filhos e a mim, durante anos, o respeito a regras incômodas e no entanto úteis para que encontrássemos cada coisa no seu lugar. Voltei para ela, quieta na penumbra da entrada.

— Quem foi?
— Ladrões, Vanda.
— Para roubar o quê? Não há nada de valor.
— Justamente por isso.
— Como assim?
— Não encontraram nada e resolveram destruir nossa casa.
— Por onde entraram? A porta estava trancada.
— Pelas sacadas, pelas janelas.
— Havia cinquenta euros na gaveta da cozinha, eles levaram?
— Não sei.
— E o colar de pérolas da mamãe?
— Não sei.
— Cadê Labes?

5.

Sim, o gato, onde ele estava? Vanda deu um pulo e o chamou quase com raiva. Fiz o mesmo, porém com menos ímpeto. Fomos de quarto em quarto, nos debruçamos nas janelas, nas sacadas, gritando o nome dele. Talvez tenha caído ali, murmurou minha mulher. Estávamos no terceiro andar, lá embaixo havia a pedra áspera do pátio. Não, tentei tranquilizá-la, deve estar escondido, deve ter tido medo. Medo dos estranhos que entraram na nossa casa. Medo e repulsa, como nós agora, só de pensar que estranhos tinham tocado nas nossas coisas. De repente minha mulher sugeriu a hipótese: e se o mataram? E não esperou que eu respondesse, pude ver nos seus olhos: sim, o mataram. Parou de chamar por ele, voltou a vasculhar a casa freneticamente. Afastava coisas, se enfiava entre os móveis revirados, examinava os que tinham ficado de pé. Tentei ir à sua frente. Os ladrões podiam ter feito a Labes o que fizeram às coisas com uma fúria irracional. Eu preferia achar o corpo primeiro e se possível escondê-lo. Fui verificar no quartinho onde guardávamos as roupas de inverno e por um instante tive a certeza de que veria o animal esquartejado ou enforcado entre os casacos, como nos filmes de terror. No entanto, me deparei com o mesmo desastre: a barra de metal arrancada, roupas sobre o assoalho. Nenhum vestígio de Labes.

Vanda pareceu aliviada. Não só podia voltar a pensar que o gato ainda estava vivo, mas também, durante sua exploração, descobrira com surpresa, exatamente na gavetinha onde o guardava, o colar de pérolas da mãe — única joia que se permitiu na vida — e, debaixo da pia, coberta por uma camada de detergente, a nota de cinquenta que ela deixara no móvel da cozinha. Imediatamente os ladrões lhe pareceram uns idiotas. Tinham vasculhado em todo canto, tinham arrebentado tudo em busca de sabe-se lá que tesouro, mas não encontraram aquele pouco que se podia roubar: o colar de pérolas, os cinquenta euros. Bem — tentei confortá-la —, agora chega de se agitar. Mas voltei à sacada do meu escritório, da sala de estar, para ver se entendia como tinham conseguido subir até o terceiro andar, e enquanto isso, sem que ela percebesse, procurei vestígios de Labes no pátio. O que era aquela mancha escura no alpendre do primeiro andar? Sangue que resistia apesar da chuva quente?

Fiquei convencido de que os ladrões — dois, três? — tinham subido pela calha até o beiral e depois, passando por ali, chegaram até nossa sacada. A persiana fora erguida à força, arrebentaram a porta-balcão já velha sem quebrar os vidros e por fim entraram. Era preciso instalar trancas, disse a mim mesmo com remorso, correndo os olhos pelas janelas e sacadas da vizinhança. Mas por que se resguardar se não há nada a resguardar? Voltei para dentro. Mais do que a casa devastada, naquele momento o que me deixava ansioso era o edifício vazio. Nem eu nem minha mulher tínhamos a possibilidade de desabafar, de mostrar a alguém o estrago e a afronta que havíamos sofrido, receber solidariedade e conselhos, sentirmos em torno de nós um pouco de simpatia. Grande parte dos nossos vizinhos ainda estava de férias, não se ouviam passos ou vozes, não havia portas batendo, o cinza chuvoso desmaterializava tudo. Vanda deve ter lido meu pensamento e disse: traga as bagagens para dentro, vou ver se o Nadar está. E não esperou que eu concordasse, era evidente que não aguentava mais ficar em casa sozinha comigo. Escutei-a descendo as escadas, parando no primeiro andar, batendo na porta do nosso vizinho, o único no prédio que em geral nunca saía nas férias.

Trouxe as bagagens para dentro. Em meio à desordem da casa, elas me pareceram o único núcleo de ordem, a única das nossas coisas que, apesar de conter sobretudo roupa suja, não estava contaminada. Ouvi nitidamente a voz da minha mulher, a do vizinho. Ela falava num tom agitado, Nadar a interrompia de vez em quando com seu tom de voz de pessoa distinta. Era um juiz aposentado, tinha noventa e um anos, um homem muito cordial, muito lúcido apesar da idade. Voltei ao patamar, olhei o fosso da escada. Nadar se apoiava numa bengala, vi os poucos tufos brancos que contornavam seu crânio. Dizia palavras de conforto com uma sintaxe elaborada e a voz alta dos surdos. Tentava ser útil, tinha ouvido ruídos, não altas horas, mais no início da noite. Pensara nos trovões, em Roma chovia sem parar desde a véspera. Mas tinha certeza de ter ouvido perfeitamente miados, que duravam a noite toda.

— Onde? — perguntou minha mulher, pressionando-o.

— No pátio.

Vanda levantou a cabeça e me viu no alto das escadas.

— Venha — gritou —, Nadar ouviu miados no pátio.

Fui até ela com relutância: por mim, teria fechado a casa e voltado para a praia. Nadar quis vir procurar Labes conosco, embora eu tenha insistido para que se protegesse, já que continuava chovendo. Circulamos os três pelo pátio chamando o gato. Eu não conseguia me concentrar, pensava: ainda bem que a água apagou qualquer rastro de sangue; pensava: não vamos achá-lo, se escondeu bem para morrer em paz. Enquanto isso, olhava de soslaio nosso vizinho, frágil, encurvado, a pele rosada muito fina na testa e nas maçãs do rosto. Meu futuro, caso eu tivesse tanto futuro, era aquele homem? Mais vinte anos. Vinte: eu e Vanda, Vanda e eu, de vez em quando Sandro com os filhos, de vez em quando Anna. Era preciso pôr ordem na casa, dar-lhe de novo uma forma, não perder tempo assim.

Nadar bateu na testa, lhe ocorrera uma coisa importante. Me disse:

— Nesses dias, tocaram muitas vezes na sua casa.

— Quem?

— Não sei. Mas escutei o som do interfone.

— Na nossa casa?

— Sim.

Ironizei:

— Então você escutou o interfone tocando, mas não os ladrões que arrasaram nossa casa?
— A surdez — justificou-se: estava habituado a prestar a máxima atenção em rumores mínimos e quase nenhuma em barulhos fortes.
— Quantas vezes tocaram?
— Cinco, seis. Numa tarde, fui até a janela para ver.
— E quem era?
— Uma jovem.
Como Nadar chamava de jovem até minha mulher, pedi que a descrevesse. Ele foi vago.
— Miúda, morena, no máximo trinta anos. Disse que queria pôr propagandas nas caixas de correspondência. Eu não abri.
— Tem certeza de que tocou na nossa casa?
— Absoluta.
— E depois?
— Depois ontem à noite.
— Era ela de novo?
— Não sei. Eram dois.
— Duas garotas?
— Um homem e uma mulher.
Vanda me fez um sinal, estava ao lado da fonte. No rosto descarnado, muito pálido, despontavam os olhos verdes. Disse:
— Há um passarinho morto aqui.
Apenas eu entendi o que ela queria dizer: Labes é um notável caçador de qualquer coisa que voe. Deixei Nadar e fui até ela. Os cabelos brancos estavam grudados na cabeça por causa da chuva. Isso não quer dizer nada — falei —, volte para casa, enquanto isso vou à delegacia. Mas ela sacudiu a cabeça energicamente, preferia me acompanhar. Nosso vizinho, que continuava se atribuindo a autoridade do magistrado como se não estivesse aposentado há vinte anos, argumentou que poderia ser útil. E nos seguiu.

6.

Entramos com os guarda-chuvas encharcados na delegacia de polícia mais próxima e fomos recebidos num minúsculo escritório por um jovem fardado cheio de boas maneiras. Nadar se apresentou imediatamente, nome, sobrenome — Nadar Marossi — e sobretudo função: presidente de tribunal de apelação. Disse em poucas palavras o que nos aconteceu e o fez com uma precisão competente, mas depois passou a falar de si e da sua carreira ao longo das muitas e complexas fases do nosso século XX. O jovem policial ficou escutando como se tivesse descido ao Hades para ouvir a fala dos mortos.

Tentei várias vezes me intrometer nas histórias de Nadar e conduzir a conversa para o estado em que tínhamos encontrado nosso apartamento, mas quando finalmente consegui não resisti, o protagonismo do nosso vizinho me irritara, quis que o rapaz soubesse que eu também não era uma pessoa comum. Assim, repeti meu nome duas ou três vezes — Aldo Minori, Aldo Minori, Aldo Minori —, para ver se lhe causava algum efeito. E, como o jovem não manifestasse reações, acabei falando de um programa de tevê dos anos 1980 que eu idealizara quase sozinho e que me dera bastante notoriedade. Mas o policial, que naquela data ou ainda não havia nascido, ou tinha poucos anos, jamais ouvira falar nem do programa nem de mim. Sorriu incomodado e, com a autoridade que agora tinha, e que Nadar e eu já não tínhamos fazia tempo, falou com paciência: vamos voltar ao nosso assunto.

Fiquei constrangido — em geral sou um homem que mede as palavras, não sou dado a discursos prolixos — e reiterei que nosso apartamento tinha sido destruído por ladrões. Mas errei a mão de novo e passei a falar confusamente da entregadora que me pediu cinco euros a mais e do homem que me trapaceou uma semana antes, bem na frente de casa. E não foi só isso: eu mesmo pus Nadar na berlinda e o incitei a contar sobre a jovem que interfonara várias vezes durante a semana e do casal que tinha aparecido justo na noite anterior. Ele ficou satisfeito de poder retomar a palavra e listou cada toque do interfone, recorrendo a uma quantidade de detalhes nada indispensáveis. Só parou quando a porta se abriu atrás de nós e, antes que nos virássemos, alguém gesticulou para o policial. O rapaz caiu na risada, se recompôs a custo, murmurou me desculpem e por fim perguntou:

— O que foi roubado?

— O que foi roubado — repeti, mas me dirigindo à minha mulher. E ela, que esteve o tempo todo calada, murmurou:

— Nada.

— Ouro? — indagou o policial.

— Eu só tenho estes brincos, mas estou sempre com eles.

— E não tem outras joias?

— Um colar de pérolas da minha mãe, mas não o acharam.

— Estava bem escondido?

— Não.

Então intervim:

— Os ladrões deixaram tudo de pernas para o ar, mas meio ao acaso, não acharam nem os cinquenta euros que minha mulher tinha deixado no armário da cozinha. O dinheiro foi parar numa poça de detergente derramado por pirraça.

O jovem assumiu uma expressão descontente e então se dirigiu sobretudo a Nadar. São ciganos, disse, meninos que entram pelas janelas e sacadas, amontoam móveis na porta para o caso de os proprietários chegarem e começam a vasculhar por todo lado: procuram objetos de ouro, meus senhores, e se não encontram nada se vingam destruindo tudo. Eu esclareci: a porta estava emperrada por causa de vários detritos. E acrescentei: talvez vocês devessem mandar alguém ver, sei lá, se deixaram impressões digitais. Nessa altura o policial se mostrou menos paciente. Rebateu num tom firme e numa sintaxe de jovem bem escolarizado que a televisão era uma coisa e a vida real, outra, e que fatos desse tipo aconteciam o tempo todo, que tínhamos tido sorte de não acabar assassinados enquanto dormíamos. Disse que o governo estava enfraquecendo as forças da ordem e fortalecendo o exército, o que, num período de miséria crescente, era um dano para a segurança dos cidadãos e quem sabe até para a democracia. Deu a entender que ter sido magistrado em tempos remotos e falar da televisão em tempos remotos apenas testemunhava que, se o mundo de hoje era tão ruim, a responsabilidade também era nossa. Por fim nos aconselhou a instalar trancas nas janelas e recorrer a um sistema de alarme que comunicasse de imediato à viatura mais próxima qualquer arrombamento. Se bem que — acrescentou com evidente ironia — não sei se lhes será útil, já que não têm nada em casa para ser roubado.

Minha mulher se agitou na cadeira:

— O gato desapareceu.

— Ah.

— E se o pegaram?

— Com que objetivo?

— Não sei, pedir um resgate.

O policial sorriu com uma simpatia que não demonstrara nem em relação a mim nem a Nadar. Tudo é possível, dona Minori — lhe disse —, mas agora espante os maus pensamentos e se concentre nos aspectos positivos: essa é uma boa oportunidade para reorganizar o apartamento, se livrar das coisas supérfluas, reencontrar objetos úteis que nem se lembrava de possuir. Quanto ao gato, quem sabe não aproveitou a ocasião para ir procurar uma namorada.

Eu dei risada, Nadar também.

Vanda não.

7.

Voltamos para casa, não chovia mais. Foi difícil nos livrarmos do nosso vizinho, que queria subir ao apartamento para ver pessoalmente o desastre. É um velho idiota — minha mulher se irritou —, encheu a paciência do policial com suas vaidades, e você não deixou por menos. Não respondi, era deprimente admitir que ela estava certa. Ajudei-a a pôr um pouco de ordem pelo menos na cozinha, mas ela logo me mandou embora, eu estava atrapalhando seu trabalho. Então fui para a sacada do meu escritório. Achava que, depois de tanta chuva, o ar estivesse mais fresco, mas ainda estava muito abafado e havia um incômodo gotejar de água suja me molhando os cabelos, a camisa.

Vanda me chamou para o jantar, talvez um pouco imperiosa demais. Não conversamos muito. A certo ponto ela voltou à ideia de ligar para os filhos, eu objetei que eles já tinham uma vida complicada, era melhor deixá-los em paz pelo menos nas férias. Sandro devia ter acabado de chegar à casa dos sogros, na Provença, e Anna quase certamente estava em Creta com algum namorado novo. Não vamos incomodá-los — falei, tentando preservá-los —, mas ela quis de qualquer jeito mandar uma breve mensagem a ambos, algo do tipo: ladrões invadiram nossa casa e não achamos mais Labes. Anna respondeu logo, como sempre de modo breve: oh, meu Deus, coitados de vocês, lamento muito, não fiquem agitados; já Sandro, também como de costume, deu notícias uma hora depois com um texto bem elaborado. Tinha estado na nossa casa na noite anterior, como combinado; ficou das nove às nove e meia; recomendou que disséssemos à polícia que até aquela hora a casa estava em perfeita ordem, e Labes com ótima saúde; concluía com palavras cheias de afeto e nos aconselhava que fôssemos a um hotel pelo menos naquela primeira noite.

Vanda se sentiu mais consolada pelas mensagens dos filhos do que pela minha presença, que parecia deixá-la cada vez mais nervosa. Depois do jantar nos dedicamos a arrumar o quarto de casal e de repente me voltou à mente a história do taxista e a reação da minha mulher. Temi que naquele caos de objetos fora do lugar ela pudesse topar com algo meu que a deixasse triste ou ofendesse. Assim que a cama ficou minimamente viável, a convidei a se deitar.

— E você?

— Vou dar uma arrumada na sala.

— Não faça barulho.

Fui de fininho conferir se o pesado cubo de metal que eu tinha comprado em Praga muitas décadas atrás ainda estava no lugar, em cima da estante do meu escritório. Tratava-se do mesmo objeto que tanto chamara a atenção da garota do solenoide, um objeto laqueado azul, vinte centímetros de base, vinte de altura. Vanda nunca lhe deu bola, mas eu gostava dele. Quando nos mudamos para aquela casa, depois de uma longa discussão, eu o coloquei bem no alto, ao lado de outros objetos decorativos que não apreciávamos tanto. Aparentemente para satisfazer minha mulher, eu o empurrei bem para o fundo, de modo que quase não fosse visto por quem estava embaixo. Na verdade, queria que aos poucos ela se esquecesse dele. Vanda não sabia que bastava pressionar com força o centro de uma das suas faces para que ele se abrisse como uma porta, e também ignorava, naturalmente, que eu havia comprado aquele objeto justo por essa característica: queria guardar meus segredos ali. Constatei com alívio que, apesar de ele estar bem na beirada, tinha permanecido ali.

8.

Fechei com cuidado as portas que separam a sala e o escritório do quarto de dormir. Das duas sacadas abertas finalmente chegava um perfume fresco de chuva e manjericão. Agora que Vanda estava dormindo e eu não me sentia obrigado a uma atitude reconfortante, a ansiedade rapidamente ganhou terreno. Nos últimos tempos qualquer preocupação mínima se tornava uma obsessão, entrava na minha cabeça e se agigantava, eu não conseguia afastá-la. Naquele momento, senti que estava chegando a vez do homem que me tomara os cem euros, da garota que me arrancara cinco. De repente me ocorreu que os dois pudessem estar mancomunados, que tivessem organizado juntos a invasão da minha casa ou que mais simplesmente tivessem vendido meu endereço aos ladrões. A hipótese me pareceu cada vez mais plausível, e logo o casal que, segundo Nadar, tinha tocado meu interfone assumiu as feições deles. Imaginei que estivessem insatisfeitos com o primeiro resultado, pensei que talvez já houvessem decidido mandar outro pessoal mais qualificado ou que eles mesmos viessem. Não vou para a cama, pensei comigo, vou esperá-los de pé.

Eu? Esperá-los? E para enfrentá-los como, com que forças, com que determinação?

Há algum tempo os anos me pesavam. Precisei admitir que corria o risco de trocar dois degraus por um e cair, que meu ouvido estava pior do que o de Nadar, que não podia mais contar com a reatividade imediata do corpo diante de uma emergência ou perigo. E havia mais. Tinha certeza, sei lá, de que acabara de tomar um remédio, de ter fechado o gás ou a torneira de água, mas na realidade havia apenas pensado que o fizera. Tomava um fragmento de sonho de quem sabe quanto tempo atrás por um fato realmente ocorrido. Com frequência cada vez maior acontecia de, ao ler, estropiar as palavras, tanto que recentemente tinha me confundido diante de uma folha em maiúsculas presa no batente de um portão que parecia dizer ACESSO AO EXCRETÓRIO DE ADVOCACIA, e no entanto dizia ACESSO AO ESCRITÓRIO DE ADVOCACIA. Quanto aos últimos dias, era evidente que as pessoas viam melhor do que eu o desmoronamento das minhas defesas e se aproveitavam disso. Por isso me senti ridículo e disse a mim mesmo: você está velho, delirante, arrume um pouco as coisas e vá dormir.

Mas não sabia por onde começar. Examinei meu escritório e a sala de estar. Por fim, decidi levar para a entrada tudo o que iria para o lixo. Verifiquei o estado dos dois computadores, que por milagre continuavam funcionando, e constatei que vários aparelhos de som e vídeo estavam imprestáveis. Com uma vassoura empurrei o que estava espalhado pelo chão — livros, cacos de vasos e de badulaques, velhas fotos, velhas fitas VHS, vinis, um número infinito de bloquinhos de Vanda, CDs e DVDs, papéis, documentos, enfim, objetos variados que os ladrões haviam derrubado do entressolho, das gavetas, das estantes — até os limites dos dois cômodos.

Foi um trabalho cansativo, e no final observei com satisfação os espaços um pouco menos atulhados. Nessa altura, decidi começar a selecionar os materiais do meu escritório. Sentei no chão entre alguns gemidos e amontoei cacos com cacos, livros com livros, papéis com papéis e assim por diante. No início trabalhei com vigor. Era doloroso ver que vários volumes estavam divididos em duas metades, sem as capas, desencadernados. Mas paciência, segui em frente dispondo de um lado os livros bons e, de outro, os despedaçados. Mas depois cometi o erro de folhear alguns e quase sem querer passei a ler trechos que eu havia sublinhado sabe-se lá quando. Fiquei curioso. Por que tinha circulado certas frases? O que me levara a traçar pontos de exclamação ao lado de uma passagem que, relendo agora, me parecia insignificante? Esqueci que estava fazendo um trabalho de arrumação para evitar que Vanda se entristecesse ao acordar, esqueci que de fato estava ali porque não tinha sono, porque fazia calor, porque não me sentia seguro, porque temia que os ladrões voltassem, nos ameaçassem, nos amarrassem na cama e nos espancassem. Em vez disso, fui tomado pelas minhas anotações. Reli páginas inteiras, tentei recordar o ano em que me dedicara àquele livro ou a outro (1958, 1960, 1962, antes do casamento, depois?), recorri não tanto à consciência escrita

dos autores — muitas vezes eram nomes esquecidos, páginas envelhecidas, conceitos já excluídos do consumo cultural contemporâneo —, mas sobretudo à minha consciência, ao que no passado me parecera correto do meu ponto de vista, minhas convicções, meu pensamento, meu eu em transformação.
A noite ficou muito silenciosa. É claro que não consegui me reconhecer em nenhum dos sublinhados, em nenhum dos pontos de exclamação (o que acontece com as belas frases que entram na nossa cabeça, como nos comovem, como se tornam desprovidas de sentido, ou irreconhecíveis, ou embaraçosas, ou ridículas?), e acabei deixando os livros de lado. Passei a guardar de novo, em caixas e pastas, folhas ou folhinhas com fichas de leitura, cadernos com romances e contos escritos antes dos vinte anos, uma quantidade enorme de recortes de jornal com os artigos que eu tinha publicado e outros que falavam de mim. A essa montanha de papéis acrescentei bobinas de transmissões de rádio, cassetes e DVDs que me mostravam na televisão no período áureo, um material que Vanda conservara com zelo mesmo não demonstrando particular interesse pelo que eu fazia. Pois é, recuperei ali algumas coisas que testemunhavam como eu empregara uma vida bastante longa. Eu era aquele material? Eu era os sublinhados nos livros lidos, era as folhas repletas de títulos e citações (esta, por exemplo: "Nossas cidades são criadouros de gado; as famílias, as escolas, as igrejas são os matadouros de nossas crianças; os colégios e as universidades são as cozinhas. Quando adultos, no casamento e nos negócios, comemos o produto acabado"; ou esta: "O desaparecimento do amor subverte qualquer bom ordenamento social de nossas vidas")? Era o longuíssimo e verborrágico romance escrito aos vinte anos, em que eu narrava sobre um rapaz forçado a labutar dia e noite para pagar ao pai seu peso em ouro e assim se libertar dele e da família de origem? Eu era as coluninhas sobre o contrato dos químicos publicado em

meados dos anos 1970, os artigos sobre a forma-partido, as resenhas de livros que discutiam o trabalho operário na linha de montagem, os pequenos achados divertidos sobre a vida cotidiana nas grandes cidades — o trânsito, as filas intermináveis nos bancos ou nas agências dos correios —, as observações irônicas que me haviam dado certa fama e, de passagem em passagem, me transformaram em autor televisivo de algum sucesso, as entrevistas ponderadas que dera a este ou aquele, a crítica negativa de fulano ou a positiva de sicrano em relação àquilo que eu tinha inventado para a televisão dos anos 1980 ou dos 1990, eu era meu corpo em movimento sobre um canto falso de terraço, sob os refletores que simulavam a luz do dia, eu era minha voz de trinta anos atrás, dialogante, cordial, presunçosa? Lembrei-me de quanto tinha labutado a partir dos anos 1960, um esforço árduo para — como se diz — me realizar. Era esta a realização? Um acúmulo concreto, por décadas, de folhas escritas à mão e impressas, um rastro feito de sublinhados, fichas, páginas, jornais, disquetes, pendrives, HDs, nuvens? Eu, realizado, eu, fato real: quer dizer, um caos que, a partir da sala de estar, podia se esparramar até os arquivos do Google se eu digitasse apenas Aldo Minori?

    Impus-me uma disciplina: basta ler ou passar os olhos. Voltei ao trabalho de seleção. Enfiei dentro de caixas de papelão os infindáveis blocos de anotação de Vanda, cifras após cifras, uma minuciosa história econômica da nossa família de 1962 até hoje, folhas quadriculadas nas quais ela registrava em detalhes entradas e saídas e que talvez, se estivesse de acordo, já era hora de jogar fora. Amontoei no centro do quarto os volumes que deveriam ser dispensados e arrumei a esmo os que estavam em bom estado nas prateleiras que não tinham sido desmanteladas. Apoiei na mesa as pastas com os recortes de jornal, as caixas com os cadernos, as outras cheias de fitas VHS e DVDs. Pus num saco de lixo os cacos que consegui juntar, o saco rasgou em vários pontos, enfiei-o num outro. Por fim comecei a recolher também as fotos, imagens de tempos muito remotos ao lado daquelas de épocas bem recentes.

Não olhava as velhas fotos fazia séculos, me pareceram feias e pouco interessantes. Já estava acostumado às digitais, eu e Vanda tínhamos inúmeras nos computadores: imagens e mais imagens de montanhas, campos, borboletas, rosas em botão ou recém-desabrochadas, mares, cidades, monumentos, pinturas, esculturas, e depois parentes, ex-noras e ex-genros, os novos companheiros dos filhos, nossos netos fixados em cada fase de crescimento, os amiguinhos dos nossos netos. A vida, em suma, nunca antes documentada de forma tão copiosa. O presente, o passado próximo: o distante era melhor deixar em paz.

Evitei olhar para fotos minhas, não gostava de mim na velhice nem gostava quando jovem. Mas dei uma olhada em Sandro e Anna pequenos. Como eram lindos. Revi seus namorados e namoradas da adolescência, jovens simpáticos desaparecidos em pouco tempo. Reencontrei amigos meus e de Vanda já esquecidos, pessoas com quem tínhamos tido contato frequente e mais tarde não recordávamos sequer o nome, ou havíamos passado a chamá-los com antipatia pelo sobrenome. Me detive numa foto tirada no nosso pátio, sabe-se lá por quem, talvez por Sandro. Era da época em que nos mudamos para aquele apartamento. Comigo e com Vanda estava Nadar, que na época — calculei — já devia ter mais de sessenta, mas, se comparado ao que era agora, parecia jovem. Como se continua mudando mesmo em idade avançada, disse a mim mesmo, observando-o por um segundo. Na foto nosso vizinho era alto, agradável, ainda com cabelos ralos na cabeça. Estava para guardar a foto quando Vanda me chamou a atenção. Por um instante tive a impressão de não a conhecer e fiquei espantado. Com quantos anos ela estava? Cinquenta, quarenta e cinco? Observei outras imagens dela, em especial aquelas em branco e preto. A impressão de estar diante de uma estranha se consolidou. Eu a conhecera em 1960, tinha vinte anos, ela, vinte e dois. Daquele período me lembrava pouco, quase nada. Não conseguia recordar se um dia a considerei bonita, naquele tempo a beleza me parecia uma vulgaridade. Digamos que me agradara, eu a sentia cheia de graça, a desejava com criteriosa medida. Era uma garota muito inteligente, atenta. Me apaixonei por ela por causa das suas qualidades e porque me parecia extraordinário que, mesmo tendo tantas virtudes, tivesse se apaixonado por mim. Dois anos depois já estávamos casados, e ela se tornara a rigorosa organizadora da nossa vida cotidiana. Um cotidiano de estudo e trabalhos ocasionais, sem dinheiro, de ascética economia.

Reconheci os traços daquele período: usava vestidos pobres, que ela mesma costurava, sapatos esfolados com solas gastas, nada de maquiagem em torno dos olhos grandes. Mas o que não reconheci foi sua juventude. Então era isso que me parecia estranho, sua juventude. Naquelas fotos Vanda emanava um fulgor do qual eu — descobri — não conservava nenhuma memória, nem sequer uma centelha que me permitisse dizer: sim, ela era desse jeito. Pensei na pessoa que agora estava dormindo no quarto de casal, a pessoa que era minha mulher havia cinquenta anos. Não me constava que ela de fato tenha sido como aparecia naquelas fotos. Por quê? Eu a olhara de um jeito distraído desde o primeiro encontro? Quanto dela eu deixara num canto do olho, sem dar atenção? Separei todas as suas fotos, de 1960 a 1974. Me detive naquele ano significativo para nós: não eram muitas, na época se fotografava pouco. Testemunhavam uma mulher que até antes dos quarenta tinha sido atraente, talvez até bonita. Examinei uma foto de tons avermelhados, atrás da qual estava escrito a lápis: 1973. Mostrava Vanda com Sandro, que na época tinha oito anos, e Anna, que estava com quatro. As crianças pareciam felizes e se agarravam à mãe, que, por sua vez, parecia satisfeita, e os três me olharam sorrindo enquanto os fotografava. Seu olhar alegre era o traço da minha presença, provava que naquele momento eu também estava lá. No entanto, somente agora eu me dava conta de que minha mulher desprendia um prazer de viver que a tornava deslumbrante. Fechei depressa as fotografias em duas caixas de metal. Tudo perdido por desmazelo. Será que eu nunca tinha prestado atenção em Vanda? De resto, qual o sentido dessa pergunta, agora eu não podia apurar mais nada. No quarto de dormir, apenas as íris verdes sob as pálpebras pesadas permaneciam como cinco décadas atrás.

Me levantei, olhei o relógio. Eram três e dez, só se ouvia o canto de algum pássaro noturno. Fechei a janela, baixei as persianas, tornei a examinar o escritório. Ainda havia muito a fazer, mas estava melhorando. Eu me preparava para ir deitar quando notei um grande fragmento de vaso de flores que me escapara. Então o recolhi e, embaixo do caco, encontrei um envelope amarelo, bem volumoso, atado por um elástico. Reconheci-o de imediato, embora não pensasse naquilo havia décadas, embora o tivesse sepultado quem sabe onde, justo para não pensar nele. Continha as cartas que Vanda me escrevera entre 1974 e 1978.

Senti irritação, constrangimento, pena, e pensei em tornar a esconder o envelope antes que minha mulher acordasse. Ou de enfiá-lo entre os papéis a serem eliminados e ir imediatamente, agora, até a caçamba de lixo. As cartas conservavam os vestígios de uma dor tão forte que, se liberada, poderia atravessar o cômodo, se espalhar pela sala, irromper além das portas fechadas e voltar a se apossar de Vanda, sacudindo-a e arrancando-a do sono, impelindo-a a gritar ou cantar até explodir. Mas não escondi o envelope nem o joguei na lixeira. Como esmagado por um fardo que de repente voltava a pesar nos meus ombros, tornei a sentar no chão. Puxei o elástico e, depois de quase quarenta anos, reli — mas desordenadamente — algumas folhas amareladas, dez linhas aqui, quinze ali.

Segundo capítulo

I.

Caso tenha esquecido, egrégio senhor, permita-me recordar: sou a sua mulher. Essas palavras foram as primeiras que me caíram sob os olhos naquela noite, e na mesma hora me reconduziram à fase em que fui embora de casa porque me apaixonara por outra. Em cima estava escrita a data: 30 de abril de 1974. Passado, muito distante. Uma manhã morna, em Nápoles, na casa pobre daqueles anos. Apaixonado. Talvez eu devesse ter dito exatamente assim: Vanda, estou apaixonado. Mas me expressei de modo ainda mais brutal e, no entanto, pensando agora, menos definitivo.

No apartamento não havia as sombras irrequietas das crianças. Sandro estava na escola, Anna, na creche. Falei: Vanda, preciso lhe confessar uma coisa, fiquei com outra. Ela me olhou estarrecida, e eu mesmo me assustei com aquelas palavras. Murmurei: poderia esconder de você, mas preferi lhe contar a verdade. E acrescentei: lamento, aconteceu, reprimir o desejo é mesquinho.

Vanda me insultou, chorou, me esmurrou o peito com os punhos cerrados, se desculpou, voltou a enfurecer-se. É claro que eu tinha certeza de que ela não reagiria bem, mas uma reação tão violenta me surpreendeu. Era uma mulher de bom caráter, razoável, e por isso foi difícil admitir que ela não se acalmaria facilmente. Nem ligava que a instituição do casamento estivesse em crise, que a família agonizasse, que a fidelidade fosse um valor pequeno-burguês. Queria que nosso casamento fosse uma exceção milagrosa. Queria que nossa família gozasse de boa saúde. Queria que continuássemos sempre fiéis um ao outro. E portanto se desesperou, exigiu que lhe dissesse no mesmo instante quem era a mulher com quem a havia traído. Traído, sim, gritou a certa altura em prantos, traída e humilhada.

À noite, escolhendo com cuidado as palavras, tentei explicar que não se tratava de traição, que eu tinha grande afeto por ela, que a verdadeira traição é quando se trai o próprio instinto, as próprias necessidades, o próprio corpo, a si mesmo. Conversa fiada, ela gritou, mas se conteve de imediato para não acordar as crianças. Brigamos a noite toda em voz baixa, e sua dor sem gritos, uma dor que lhe agigantava os olhos e distorcia os traços, me aterrorizou ainda mais do que se berrasse. Me aterrorizou, mas não me atingiu: seu tormento nunca entrou no meu peito como se fosse meu. Eu estava num estado de embriaguez, que me envolvia como um uniforme à prova de fogo. Recuei, ganhei tempo. Disse que me parecia importante que ela entendesse, disse que ambos precisávamos refletir, disse que estava confuso e que ela devia me ajudar. Depois saí de fininho e fiquei fora de casa por muitos dias.

2.

Não sei o que eu tinha em mente, talvez nada em particular. Com certeza não detestava minha mulher, não acumulara rancores em relação a ela, lhe queria bem. Tinha achado prazerosamente aventuroso me casar ainda rapaz, sem ter concluído os estudos, sem ter um trabalho. Tive a impressão de cortar da minha vida a autoridade paterna e finalmente decidir sobre meu destino. Com certeza a aposta era arriscada, as fontes de ganho com que podia contar eram muito precárias, às vezes eu tinha medo. Mas os primeiros anos foram uma beleza, nos sentíamos um casal novo, em luta com as regras vigentes. Depois a aventura pouco a pouco se transformou num hábito imposto pelas necessidades das crianças. Acima de tudo mudou, de repente, o cenário em que eu representava o papel de marido e pai. Agora tudo ao redor parecia tomado pelo declínio, uma peste estava irrompendo em todas as instituições, sobretudo na universidade, onde eu começara a trabalhar sem perspectivas. Ser casado, ter uma família em idade muito jovem se tornara um sinal não de autonomia, mas de atraso. Antes dos trinta anos já me sentia velho e — a contragosto — parte de um mundo, de um estilo, que no ambiente político e cultural a que pertencia era considerado terminal. De modo que em pouco tempo, embora eu tivesse uma forte relação com minha mulher e as duas crianças, sofri o fascínio de modos de vida que rompiam programaticamente todos os laços tradicionais. Uma vez, com a desculpa de que meu anular tinha engrossado, mandei serrar minha aliança. Vanda ficou mal, esperou que eu fizesse algo para recolocar o anel. Não fiz nada. Ela continuou usando a aliança.

É provável que a relação com Lidia — ela acabara de se inscrever em Economia e Comércio, seguindo a moda da época, e eu era um assistente sem futuro de gramática grega — tenha sido encorajada por aquele clima e se alimentado dele. O fato é que renunciar a ela para não falhar com minha mulher e meus filhos deve ter me parecido uma espécie de anacronismo. E também nos vermos às escondidas, seguindo a praxe das relações clandestinas, me pareceu o contrário do espírito da época. Lidia estava com menos de vinte anos, mas já tinha um trabalho e uma casa própria numa bela rua toda perfumada. Tocar seu interfone sempre que eu podia, passear com ela, irmos juntos ao cinema ou ao teatro foram urgências que me levaram a romper quase no mesmo instante com Vanda. Mas eu não achava que o desejo criaria raízes, que ficaria com aquela garota sempre mais e mais. Ao contrário, tinha mais ou menos certeza de que o apego a ela se atenuaria depressa, que a própria Lidia pularia fora e voltaria ao rapaz com quem se encontrava havia alguns meses, ou que encontraria outro, da idade dela, livre e sem filhos. Assim, revelando a Vanda minha relação, eu queria apenas ter o tempo de vivê-la à vontade, sem subterfúgios, até sua consumação. Ou seja, quando fui embora de casa, depois daquele primeiro embate, não duvidava de que voltaria logo. Dizia a mim mesmo: esse parêntese serve *até* para refundar a relação com minha mulher, para deixar claro que precisamos ir além do esquema de convivência que até agora nos manteve juntos. E foi esse, talvez, o motivo que me levou a dizer *fiquei com outra*, e não *estou apaixonado por outra*.

Apaixonar-se, naquela época, se tornara um conceito meio ridículo, parecia um resíduo do século XIX, sinalizava uma perigosa tendência a agregar-se que, caso irrompesse, deveria ser imediatamente combatida para não gerar angústia no parceiro. Ficar com outra, por sua vez, assumia cada vez mais legitimidade, quer se estivesse casado, quer não. *Eu tinha ficado com outra, eu estava com outra, eu estou com outra* eram frases que exprimiam liberdade, e não culpa. Claro, eu me dava conta de que, aos ouvidos de uma esposa, a fórmula poderia soar atroz, sobretudo aos de Vanda, que, assim como eu, crescera com a ideia de que *primeiro* se apaixona por alguém e *depois* se fica com alguém. Mas — eu pensava — ela precisa aceitar que isso pode ocorrer, que aconteceu, que talvez, quando eu voltar para a família, aconteça de novo. E sob essa ótica — esperando que Vanda compreendesse, que se adequasse aos novos tempos e não tivesse outros ataques — passei um período feliz, cada vez mais feliz, com Lidia.

Só percebi tarde demais que não se tratava apenas de uma troca sexual, de uma peça na batalha contra o próprio conceito de adultério, de uma prazerosa amizade erótica, de uma das tantas práticas liberatórias que estavam reinventando o mundo. Eu amava aquela garota. E amava da maneira mais atrasada, isto é, de modo absoluto. A ideia de me afastar dela, de voltar para minha mulher e meus filhos, de deixá-la para outros me tirava a vontade de viver.

3.

Demorei um ano até admitir isso, embora de modo ainda reticente. Mas nunca tive forças de confessá-lo a Vanda, o que me tornou ainda mais responsável por sua ruína. O fato de eu ter ficado com outra lhe pareceu terrível num primeiro momento. Depois, absorvido o golpe na medida do possível, tentou considerar o episódio uma fraqueza momentânea, devida à minha escassa experiência com mulheres, ou seja, às minhas curiosidades sexuais. Esperou que passados uns dias minha febre arrefecesse e fez de tudo para me curar, de viva voz e por escrito. Estava como atordoada. Não conseguia acreditar que ela — ela, que me pusera no centro da sua vida, que dormia comigo havia anos, que me dera dois filhos, que desde sempre se ocupava de todas as minhas necessidades de maneira impecável — tivesse sido posta de escanteio por uma desconhecida que jamais saberia cuidar de mim com a mesma devoção.

Sempre que nos encontrávamos — muitas vezes depois de longas ausências da minha parte —, ela tentava expor com calma e clareza todas as questões sobre as quais refletira. A gente se sentava à mesa da cozinha e ela passava a me enumerar os problemas práticos causados pelos meus sumiços, a necessidade que os filhos tinham de mim, as razões do seu abatimento. O tom em geral era gentil, mas certa manhã se crispou:

— Eu errei em alguma coisa? — perguntou.
— Não, absolutamente.
— Então qual é o problema?
— Nada, é apenas um período complicado.
— Você acha complicado porque não consegue me enxergar.
— Enxergo sim.

— Não, você só vê aquela que pena no fogão, que mantém a casa limpa, que cuida das crianças. Mas eu sou mais do que isso, eu sou uma pessoa.

Pessoa, pessoa, pessoa, começou a gritar, e demorou a recuperar a calma. Eram horas intermináveis, difíceis. Naquela fase ela buscava me demonstrar que não tinha parado dez anos atrás, que havia amadurecido, que era uma nova mulher. Falava retorcendo as mãos para conter o desgosto: será possível, dizia, que você, só você, não se deu conta? E se eu — que não sabia o que responder — divagava, apontando as iniquidades da família e a necessidade de se livrar disso, ela vinha ao meu encontro, me mostrava com gentileza forçada que conhecia muito bem os livros que eu lia, que ela também estava trabalhando há tempos na própria libertação, que podíamos e devíamos fazer aquele trabalho juntos. Depois, a certa altura — como se lesse na minha cara que eu não via a hora de me retirar para proteger meu estado de graça da sua existência dolorosa, da ânsia que aquele espetáculo de sofrimento me causava —, a gentileza não se manteve de pé, e o andamento dos nossos encontros mudou. Vanda começava num tom irônico e então passava a berrar, se derramava em lágrimas, me insultava. Certa vez, gritou de repente:

— Estou entediando você? Diga se estou.

— Não.

— Então por que você não para de olhar o relógio, está com pressa, tem medo de perder o trem?

— Estou de carro.

— O carro dela?

— Sim.

— Ela está esperando? O que vocês vão fazer esta noite? Vão a um restaurante?

Começou a rir sem motivo, foi para o quarto de casal, se pôs a cantar a plenos pulmões velhas cantigas de criança.

Passado um tempo ela se recompôs, claro, e ela sempre se recompunha. Mas a cada recomposição eu sentia que ela perdera algo de si que tempos atrás me atraíra. Nunca havia sido assim, estava se arruinando por culpa minha. E no entanto aquela sua ruína me parecia uma autorização para eu me afastar ainda mais dela. Será possível — dizia a mim mesmo — que tenha de ser tão difícil obter um pouco de liberdade? Por que somos um país tão atrasado? Por que em nações mais evoluídas tudo ocorre sem maiores dramas?

Em certa ocasião eu estava para ir embora, era um fim de tarde de um dia muito quente. Ela correu para a porta e a trancou à chave. Chamou Sandro e Anna e disse: papai se sente numa cadeia, então vamos brincar de fazê-lo prisioneiro de verdade. As crianças fingiram se divertir, eu fingi me divertir, ela, não, e dizia em voz baixa: ah, ah, agora não sai mais daqui. Depois atirou em mim o molho de chaves e se trancou no banheiro. Não ousei ir embora, mandei Sandro chamá-la. Reapareceu, disse: só estava brincando. Mas não brincava de modo nenhum. Estava cansada, não dormia mais, tentava achar um meio de me fazer raciocinar. Como não conseguia, ora tentava me comover, ora me irritar, ora me suplicar, ora me assustar. Você não deve me segurar desse jeito, eu lhe dizia. E ela respondia indignada: quem está segurando você? Vá! Mas passados dois minutos murmurava: espere, se sente, sua loucura me deixa louca.

O que a exasperava e exauria era que eu me negasse a lhe explicar por que eu tinha feito o que fiz. Não parava de me falar, me escrever: *por quê?* Mas eu não sabia o que dizer, arriscava respostas mirabolantes, às vezes murmurava: não sei. É óbvio que eu mentia, eu já sabia a razão, sabia com uma clareza cada vez maior. O tempo passado com Lidia era um tempo alegre, de leveza, nunca me cansava. Eu me sentia cheio de energia, escrevia, publicava, era apreciado, como se o pântano que eu trazia dentro de mim desde a infância e que durara até pouco tempo antes de repente tivesse sido aterrado por aquela jovem mulher colorida e elegante. No início, o mês de abril foi maravilhoso: dormir com ela na primavera, almoçar com ela na primavera, passear com ela na primavera, viajar com ela na primavera. E olhá-la — olhá-la encantado — enquanto se vestia e se despia das suas roupas primaveris. Pensei: volto para casa no final de maio. Mas a primavera passou voando até o último dia do calendário, e eu senti uma tristeza mortal. De modo que disse a mim mesmo: vamos esperar o verão, ainda quero ter Lidia durante todo o verão. Mas o verão também passou, e não consegui tolerar o outono sem ela. Depois, por sua vez, o outono ficou para trás, o inverno passou, e por todo aquele ano, apesar dos encontros com minha mulher e as crianças, só me importei com Lidia primaveril, Lidia veranil, Lidia outonal, Lidia invernal. Em suma, o tempo desejado era o dela; aquele passado com Vanda, Sandro e Anna, eu temia, afastava, reduzia ao mínimo, ora com uma desculpa, ora com outra. Quando estava com eles me protegia mentindo, e a mentira servia para resguardar a extraordinária impressão de saúde que me invadira. Naqueles momentos eu me sentia humilhado, tanto por minha incapacidade de ser verdadeiro quanto pela verdade insuportável do desespero da minha mulher, pela desorientação dos meus filhos. Para explicar de fato como eu me sentia, para dizer *por que* estava me comportando daquele modo, precisaria falar da minha felicidade com Lidia. Mas o que poderia haver de mais cruel? Vanda queria outra coisa. Para sair do desespero, Vanda exigia que eu lhe dissesse: sei que errei, vamos voltar. Este era o beco sem saída.

4.

Não saímos dele nem naquele ano, nem no ano seguinte. Minha mulher emagreceu, desperdiçou sua vitalidade, perdeu cada vez mais o controle sobre si. Agora estava como alguém suspenso no vazio, e o pânico contribuía bastante para lhe tirar as últimas forças.

A princípio acreditei que a má situação em que estávamos metidos dizia respeito apenas a nós dois, não a Sandro e Anna. E de fato agora pude ver com os olhos da mente as duas crianças: são figuras indistintas, não têm a mesma nitidez que nós, que discutimos, brigamos e ficamos ali, na cozinha, bem definidos apesar do tempo que passou. Na minha cabeça Sandro e Anna não estão ali, ou, se estão, fazem outras coisas, brincam, veem tevê. Nossa crise, a angústia que nos consome, está longe, não os atinge. Mas a certa altura as coisas mudaram. Durante uma discussão, Vanda gritou que eu deveria dizer se ainda pretendia cuidar dos meus filhos ou se pensava em dispensá-los como estava fazendo com ela. Fiquei pasmo. Claro que eu queria cuidar deles, respondi. E ela murmurou: é bom saber — e deixou o assunto morrer. Mas, quando se deu conta de que o tempo estava passando e eu continuava alternando longos sumiços e breves aparições, me disse que, se eu não queria prestar contas do que fazia a ela, devia ao menos isso às crianças: como pretendia lidar com elas?

Não tinha pensado nisso. Antes daquele desastre, os filhos constituíam um dado concreto da existência. No tempo livre a gente brincava, eu os levava para passear, inventava fábulas para eles, os elogiava, os recriminava. Mas em geral, depois de diverti-los o suficiente, depois de tê-los repreendido com autoridade benévola, eu me fechava para estudar, enquanto minha mulher os entretinha com muita imaginação e se dedicava aos afazeres domésticos. Nunca tinha visto nada de errado naquela rotina, e a própria Vanda nunca se lamentara, mesmo quando fomos atingidos por aquela cultura da desinstitucionalização — que palavra horrível — de tudo. Ambos tínhamos crescido com a ideia de que certo modo de ser fazia parte da ordem natural das coisas. Era natural que nosso casamento durasse até que a morte nos separasse. Era natural que minha mulher não tivesse outro trabalho além do doméstico. E mesmo agora que tudo parecia em transformação — fase pré-revolucionária, se dizia —, não era concebível que as mães pudessem descuidar dos filhos. No entanto, ela estava tocando nessa questão e me perguntava como eu pretendia enfrentá-la. Mais uma vez não soube o que responder. Estávamos na rua, na Piazza Municipio. Ela parou, me olhou nos olhos e perguntou:

— Você quer continuar sendo pai?

— Quero.

— Como? Aparecendo uma ou duas vezes para espetar a faca na ferida e depois sumir por meses? Ressuscitando os filhos quando você quer, só quando você quer?

— Virei vê-los todo fim de semana.

— Ah, *virá vê-los*. Quer dizer que eles ficam comigo?

Fiquei confuso, balbuciei:

— Bem, *também* posso ficar um pouco com eles.

— Também? Também? — gritou. — Eu fico *sempre* com eles e você *também*? Quer destruí-los como está fazendo comigo? Os filhos precisam dos pais não *também*, mas *sempre*.

Foi embora e me deixou plantado a poucos metros da prefeitura.

Então me obriguei a voltar a Nápoles todos os fins de semana. Saía de Roma, chegava à casa onde morávamos havia doze anos. Meu plano era evitar confrontos com Vanda — não aguentava mais aquilo, e ela também tremia, acendia um cigarro atrás do outro com mãos inseguras, os olhos de quem não vê saída —, escapar dela, me fechar num quarto com as crianças. Logo descobri que era impossível. Embora os espaços da casa tenham continuado os mesmos, nem eu nem meus filhos conseguíamos ficar juntos com a desenvoltura de antes. Tudo agora era artificial. Eu me sentia obrigado a passar o tempo alegremente com eles, mas eles não eram mais os mesmos: me lançavam olhares ansiosos, ficavam atentos ao que a mãe e eu fazíamos e dizíamos, tinham medo de errar, de me irritar e, assim, me perder para sempre — sentiam-se obrigados a passar o tempo alegremente comigo. Mas, mesmo querendo com todas as nossas forças, não conseguíamos de jeito nenhum — pais e filhos — nos comportar com naturalidade. Vanda ficava no outro quarto, e nós três não conseguíamos esquecê-la; ela era tão parte de nós que nos esquivarmos era um esforço inútil. Sim, ela nos deixava a sós por muito tempo, sem se intrometer. Mas nos chegavam os rumores dos seus afazeres, às vezes um cantarolar nervoso. Deveríamos ignorá-la, aprender a estarmos juntos só nós três, nos organizarmos fora do velho quarteto. Mas não éramos capazes, sentíamos sua presença como uma ameaça — não que ela quisesse nos fazer mal, temíamos sobretudo a ameaça da sua dor — e sentíamos que ela não perdia nenhuma ação ou palavra nossa, que sofria com qualquer rangido de cadeira, de mesa. Assim o tempo tendia a dilatar-se de forma insuportável, e a noite não vinha nunca. Depois de um tempo eu não sabia mais o que inventar. Me distraía, pensava em Lidia. Era sábado. Talvez tivesse ido ao cinema com os amigos ou sei lá. Pensava em dizer em voz alta: vou descer para comprar cigarros, e procurar um telefone, ligar antes que ela saísse, antes que o aparelho tocasse no vazio me deixando com uma impressão de abandono. Vanda parecia particularmente sensível àquelas distrações. De repente aparecia, lia tudo na minha cara, intuía meu esforço para ficar com meus filhos. Em tempos normais, nunca fiquei tanto com eles. De todo modo, nunca ficara tanto quanto agora, quase como se aquilo fosse uma prova, e mais tarde eu receberia uma nota favorável da minha mulher.

Às vezes ela não conseguia se conter.
— Tudo bem?
— Tudo.
— Não estão brincando?

— Estamos sim.
— De quê?
— De rouba-monte.
— Crianças, deixem o papai ganhar, se não depois ele fica triste.

Nada estava bom para ela. Me censurava porque eu ligava a tevê, me criticava porque eu fazia brincadeiras violentas, me dizia sarcástica que eu excitava demais as crianças e depois elas não conseguiam dormir. A tensão se tornava intolerável, acabávamos brigando na frente de Sandro e Anna. Agora os ataques não eram mais dissimulados, Vanda se convencera de que eles deveriam saber, avaliar, tirar conclusões.

— Baixe a voz, por favor.
— Por quê? Tem medo de que eles saibam quem você realmente é?
— Claro que não.
— Quer fazer com eles o que fez comigo? Eles têm de acreditar que você gosta deles mesmo não sendo verdade?
— Eu sempre gostei de você e ainda gosto.
— Não minta para mim. Não minta, que eu não suporto mais isso. Não na frente das crianças. Se vai ficar contando mentiras, é melhor ir embora.

Sandro e Anna logo aprenderam que qualquer visita minha desencadearia a dor descontrolada da mãe. Assim, se de início talvez me esperassem pelo prazer de me reencontrar e torcessem para que eu ficasse para sempre, depois passaram a se concentrar falsamente nos seus jogos ou no que passava na tevê, desejando que eu partisse antes que a tempestade desabasse. De resto, eu mesmo tendia a encurtar minha presença, a sair de fininho tão logo notasse que Vanda estava para desmoronar. Certa vez levei presentes para as crianças, um suéter para Sandro e um colar para Anna. Quando ela percebeu que a filha estava contente, disse:

— Foi você quem comprou isso?
— Sim, e quem mais poderia ser?
— Lidia.
— O que você está dizendo?
— Você ficou vermelho, foi ela.
— Não é verdade.
— Você precisa de ajuda para dar um presente aos seus filhos? Nunca mais ouse dar às crianças coisas que venham dela.

De fato tinha sido Lidia, mas não era esse o ponto. Naquela fase, toda cena de Vanda tinha outro objetivo. Queria demonstrar — não só a mim, mas sobretudo a si mesma — que eu não sabia e não podia ser pai sem ela, que, ao excluí-la, eu estava me excluindo, que sem uma reconciliação a vida — vale dizer, o modo como tínhamos vivido até o momento em que eu confessara minha traição — não era mais possível.

Essa tese logo me pareceu plausível. Aparecer todo sábado, todo domingo, e ver Sandro e Anna me receberem limpinhos, bem penteados, como para a visita de um estranho, e sentir os primeiros minutos afetuosos se carregarem de uma tensão excessiva para mim e para eles, me pareceu não apenas inútil, mas até perigoso. Embora formalmente devesse ter a função de conferir uma continuidade à figura do pai, minha permanência naquela casa, como não era definitiva, se mostrava defeituosa. Qualquer coisa que eu dissesse ou fizesse parecia insuficiente aos olhos de Vanda. Ela demonstrava ponto por ponto — com seu rigor lógico de sempre, agora ainda mais acentuado — que eu não dava respostas adequadas às perguntas silenciosas dos nossos filhos, que eu frustrava suas expectativas.

— O que é que eles querem? — perguntei uma manhã, mais atordoado do que nunca.

— Entender — ela gritou com voz estrangulada, que parecia sufocá-la —, entender por que você foi viver longe, por que os abandonou, por que passa poucas horas com eles, sem um pingo de vontade, e depois vai embora sem deixar claro quando vai voltar, quando se dedicará a eles como merecem.

Dei razão a ela, um pouco para acalmá-la, um pouco também porque não sabia o que objetar. Que pai eu era, que pai poderia ser naquela casa, onde por anos tivemos a certeza absoluta de que continuaríamos para sempre, nós quatro? A arquitetura tinha absorvido nosso jeito de estarmos juntos, destinando ambientes para cada função. E, embora os espaços fossem tristonhos, frios no inverno e muito quentes no verão, nunca luminosos, eles de todo modo se conformaram aos nossos hábitos afetuosos, frequentemente com pontos altos de alegria. Habitar a casa por poucas horas a cada semana, de acordo com a nova situação, me pareceu algo impossível. Então, certa vez, no auge de uma das brigas costumeiras, eu disse a Vanda:

— As escolas estão fechadas, as crianças vão passar um tempo comigo.

— Com você como?

— Comigo.

— Você quer tirá-las de mim?

— Claro que não.

— Você quer tirá-las de mim — disse soturna.

Mas depois concordou. Concordou de modo dramático, como se se tratasse de uma experiência última e definitiva, depois da qual finalmente compreenderia o que eu tinha em mente.

5.

Levei as crianças para Roma num domingo de verão, elas pareciam contentes. Mas foi uma decisão insensata. Eu não tinha uma casa que fosse minha — não podia me permitir esse luxo — e, por outro lado, não queria mantê-los com Lidia. As razões eram, como sempre, difíceis de desvendar. Eu achava que, se ela nos recebesse na sua quitinete e Vanda viesse a saber, acabaria vendo naquela escolha uma espécie de eliminação dela, como se disséssemos: saia do caminho, você não serve mais nem como esposa, nem como mãe. E, como ela estava cada vez mais refém de uma lógica ferrenha, que lhe impedia qualquer mediação, eu tinha medo de que a abstrata consequencialidade à qual se agarrava pudesse levá-la — já a levava todo dia: estava cada vez mais debilitada no corpo, cada vez mais vigilante na mente — a excessos que eu nem queria imaginar. Mas o que me preocupava não era apenas a reação dela. Estar sob os olhos das crianças ao lado de Lidia, na sua casa luminosa, no café da manhã, no almoço, no jantar, na sua cama, me parecia odioso. Era praticamente dizer a Sandro e Anna: vejam só essa garota, olhem como ela é cheia de boas maneiras, como é calma, vejam como estamos bem com ela; eu moro aqui, vocês gostam? E intuía que, agindo desse modo, eles se veriam forçados por amor a mim a uma convivência que — sobretudo se concordassem que Lidia era de fato agradável — teria ofendido seu amor pela mãe. E não acabava aí, tinha mais. Não me sentia à vontade me mostrando na função de pai. Conviver com Lidia e as duas crianças durante dias, ocupar o pequeno espaço dela, fazer bagunça, exibir a ela minhas responsabilidades, constrangê-la a compartilhá-las comigo quando eu nem mesmo percebera até pouco antes — graças aos esforços de Vanda — como elas pesavam, tudo isso me parecia inaceitável. Não queria mostrar em toda a concretude aquilo que eu era: um homem de trinta e seis anos, rigidamente definido, casado, pai de duas crianças, um de onze e outra de sete. Não queria me mostrar nem a mim mesmo daquela maneira, dentro daquela zona encantada. Ali eu me sentia um amante sem preconceitos, que não se liberta apenas para ser amarrado de novo. Estava inaugurando uma nova forma de relação amorosa e não queria ser alguém que arrasta pela casa de uma jovem cheia de futuro o legado de sua miséria passada.

 Fiquei hospedado na casa de um amigo. Não sabia nada de cuidados com os filhos e logo deixei que a mulher dele se incumbisse dos dois. Ambos estavam do meu lado, me apoiavam. Mesmo sendo um casal afinado e com uma união estável havia cinco anos, ambos diziam que não se pode nem se deve resistir às pulsões, que eu estava certo em me entregar à paixão e que devia parar de me sentir culpado.

Certa noite, enquanto as crianças dormiam, os dois me passaram o maior sabão porque eu nunca falava mal da minha mulher.

— E por que deveria? — perguntei.

— Porque ela está exagerando, ninguém se comporta assim — disse meu amigo.

— Estou lhe causando um mal enorme, e ela reage como pode.

— Reage de modo muito antipático — exclamou sua mulher.

— É difícil sofrer de modo simpático.

— Outros conseguem, em certos casos a compostura é tudo.

— Vai ver que esses seus conhecidos não sofrem tanto quanto Vanda.

Defendi minha mulher com sinceridade, mas eles continuaram me achando simpático e comportado demais. Assim, quando Sandro e Anna iam para a cama e eu tinha certeza de que já estavam dormindo, deixava-os sob a vigilância afetuosa dos meus anfitriões e corria para Lidia. Todas as horas que eu passava com ela me surpreendiam, desde o início da nossa relação. Estava a léguas da pobreza à qual me habituara com Vanda. Lidia tinha sido educada para viver bem, era natural nela. Apreciava o conforto e os prazeres, gastava para me acolher com alegria, me dava seu pouco dinheiro se eu estivesse em dificuldades, vivia nossa complicada situação sem ansiedade quanto ao futuro. Eu ficava feliz quando ela me abria a porta e a mesa estava posta para uma rica ceia noturna e me sentia triste quando precisava deixar sua cama antes de amanhecer. Voltava para as crianças às cinco e meia da manhã, torcendo para que não tivessem acordado. Circulava insone pela casa, cheio de sentimentos de culpa. Muitas vezes me sentava ao lado da cama de Sandro e Anna e os observava, tentando absorvê-los em mim, senti-los como minhas criaturas indispensáveis. Acordava-os duas horas depois, esperava que tomassem o café da manhã, que se lavassem e, então, como meu amigo e a mulher tinham suas obrigações, os levava ao trabalho comigo.

Sandro e Anna nunca protestaram. Me perscrutavam com atenção, obedientes, tentando a seu modo não só não me dar trabalho, mas também causar boa impressão nos meus colegas e alunos. No entanto, pouco tempo depois não aguentei e corri para devolvê-los a Vanda.

— Já? — me falou com sarcasmo. — Sua paternidade se resume a isso?

Vacilei ao me explicar. Por fim, balbuciei que era difícil corresponder a todas as necessidades dos nossos filhos como ela sempre fizera. Houve um mal-entendido, ela achou que eu quisesse voltar. Ficou radiante, falou do novo equilíbrio que precisaríamos conquistar. Sacudi a cabeça e disse:

— Preciso me reorganizar.

Numa fração de segundo Vanda leu nos meus olhos toda a força que eu conseguia obter daquele meu bem-estar sem ela e imediatamente entendeu que nada me deteria, nem sequer nossos filhos. Naquele instante compreendi que o que eu estava fazendo com ela era particularmente cruel e me retirei depressa, evitando pensar na situação.

O último sinal me chegou meses depois, pelos correios. Tratava-se de um formulário dos mais sucintos. O escrivão-chefe da vara da infância de Nápoles me comunicava que havia sido impetrada uma ação segundo a qual Sandro e Anna seriam confiados à guarda da mãe. Eu poderia ter tomado um trem imediatamente, ir correndo até o escrivão-chefe, protestar, gritar: eu sou o pai, não quero saber do ex-artigo 133 ou sei lá qual, estou aqui e não é verdade que abandonei meus filhos, quero ficar com eles. Não fiz nada. Continuei com Lidia, continuei com meu trabalho.

6.

Sentado no chão do escritório em ruínas, examinei demoradamente aquele documento: estava ali, dentro do envelope amarelo, em meio às cartas de Vanda. Me perguntei se algum dia meus filhos teriam lido a ação lavrada, como se diz, pela autoridade judicial ou qualquer outro documento correlato, que devia ainda existir em algum lugar. Aquela folha constitui a memória da minha renúncia formal a eles. É a prova material de que os abandonei para crescerem sem mim, de que permiti que caíssem definitivamente fora da minha vida, numa onda que os arrastaria para longe dos meus olhos e das minhas ansiedades. Aquele informe lacônico testemunhava que eu me livrara deles. Eu me habituaria a não sentir mais o peso deles na cabeça, no peito e no estômago, porque já não haveria o hábito cotidiano, porque logo se tornariam diferentes de como eu os conhecia. Perderiam os contornos infantis, cresceriam, seu corpo inteiro mudaria, o rosto, a voz, o passo, os pensamentos. A lembrança, ao contrário, os imobilizaria no momento extremo em que eu os reconduzira à mãe e dissera: preciso me reorganizar.

Passou certo tempo. Resisti à separação graças à presença de Lidia e a compromissos cada vez mais prazerosos. Deixei o trabalho frustrante na universidade. Comecei a escrever para jornais, criei programas de rádio, apareci timidamente na televisão. Há uma distância que conta mais do que os quilômetros e talvez mais até do que os anos-luz: a distância das mudanças. Eu me afastei da minha mulher e dos meus filhos perseguindo o que me apaixonava: a nova mulher que eu amava e um trabalho animado, também ele novo, que numa sucessão aparentemente irrefreável somou um pequeno sucesso pessoal a outro. Eu agradava a Lidia, agradava a todos. Entretanto uma névoa seca recobria o passado em que eu me sentira lento e inconclusivo. A casa de Nápoles desbotou, os parentes e amigos desbotaram. Continuaram vivos, persistentes, Vanda, Sandro, Anna, mas só até quando a distância não lhes subtraiu energia, não tirou espessura à sua dor. Tanto mais que a ela, de modo quase automático, se somou um velho hábito mental. Desde pequeno eu me adestrara em ignorar os sofrimentos da minha mãe quando meu pai a atormentava. Me tornara tão bom nisso que, mesmo estando presente, conseguia silenciar os gritos, os insultos, o barulho dos tapas, os choros, certas frases em dialeto repetidas como uma litania: vou me matar, vou me jogar daqui. Aprendi a não ouvir meus pais. Quanto a vê-los, me bastava fechar os olhos. Usei essa arte infantil por toda a vida, em mil circunstâncias. Na época me foi muito útil, recorri bastante a ela. Tinha deixado um vazio, inventava o vazio. Minha mulher, meus filhos se insurgiam nos momentos mais disparatados, e no entanto eu não os ouvia nem via.

Mas nem sempre me saí do melhor modo. Estava no exterior quando me chegou a notícia de que minha mulher tentara se matar. Até esse ponto, exclamei desolado, mas até hoje não sei o que eu queria dizer. Talvez *até esse ponto* tenha sido um grito silencioso contra Vanda, me perguntei qual o sentido de se lançar para a morte. Ou mais provavelmente me dirigi a mim: você a levou até esse ponto, se envergonhe. Ou protestei em geral contra a ânsia difusa de pretendermos tudo o que desejávamos, sem nos importarmos com o risco alheio, com o mal que faríamos. Me debati cheio de angústia. Vanda estava no hospital. Como e quando tinha acontecido? Em que medida aquela ação marcaria Sandro e Anna? Os instantes se realinharam, deram uma nova nitidez a quem já estava muito longe. Percebi que seria obrigado a decidir: abandonar tudo, o trabalho, minha vida, a forma que estava assumindo ao lado de

Lidia, e correr para anular o vazio e recolocar tudo em ordem; ou me limitar a um telefonema, a me informar sobre a situação de Vanda, mas sem a visitar, sem a encontrar com os filhos ao lado, não me expor à onda das emoções, não correr aquele risco. Oscilei um longo tempo entre aquelas duas possibilidades. Achei que não poderia me aconselhar com ninguém, que a responsabilidade da decisão dizia respeito apenas a mim. E se minha mulher não tivesse sobrevivido? Eu deveria admitir que a matara? Como? Arrasando sua vida a ponto de induzi--la a decidir que, em vez de agarrar-se a ela, aos filhos, era melhor livrar-se de tudo? Sandro e Anna, ao crescerem, me atribuiriam aquele assassinato? Por outro lado, era preciso que ela morresse para que eu me desse conta de ter cometido um crime demorado, que durara meses e anos?

Crime, crime, crime.

Eu havia desfigurado uma existência, impelira uma pessoa jovem, que tinha o mesmo desejo que eu de realizar-se plenamente, a admitir que desaprendera a viver.

Ou não, que pensamentos eram aqueles? Ir atrás do próprio destino era um crime? Recusar-se a desperdiçar a si mesmo era um crime? Lutar contra instituições e costumes sufocantes era um crime? Que absurdo.

Eu gostava de Vanda, não houve um só momento em que eu tivesse friamente me decidido a machucá-la. Tinha me comportado com cautela, mentira para ela, justamente para que sofresse o menos possível. Mas, meu Deus, não a ponto de eu mesmo sofrer, de eu mesmo sufocar para evitar que ela sufocasse. *Até esse ponto, não.*

Não fui visitá-la. Não quis saber como estava. Não lhe escrevi. Não me preocupei em saber como as crianças tinham reagido. Decidi me comportar de modo que ela compreendesse de uma vez por todas em que pé as coisas estavam: nada, nem sequer sua morte, podia me impedir de amar Lidia. Amar:

comecei a pronunciar o verbo justamente naquele período — antes me parecera coisa de romance sentimental —, convicto de que estava contribuindo para lhe conferir um sentido que ele nunca tivera.

7.

Vanda se restabeleceu, parou de me procurar, parou até de me escrever. Mas em março de 1978 fui eu que lhe mandei uma carta, perguntando se poderia ver Sandro e Anna a sós.

É difícil dizer por que o fiz, aparentemente tudo corria às mil maravilhas. Eu morava em Roma. Tinha começado a trabalhar regularmente para a televisão. Estava muito feliz com Lidia. Minha mulher já não fazia pressão nenhuma. As crianças eram só um sobressalto, eu me virava instintivamente quando, na rua, uma voz infantil chamava papai. No entanto, algo estava emperrando. Talvez não fossem dias bons, minhas inseguranças estavam reaflorando, de vez em quando me vinha a impressão de não ter o talento que imaginara. Havia momentos de humor negro em que me convencia de que meu sucesso crescente era fruto do acaso, de que a tendência se inverteria, que eu seria punido pela soberba que demonstrara ao assumir tarefas para as quais não tinha os predicados. Mas talvez Lidia também fosse parte daquilo. Eu a amava cada vez mais e lhe atribuía um refinamento, uma inteligência, uma sensibilidade que eu cada vez menos tinha certeza de merecer.

— Por que você está comigo? — lhe perguntava.
— Porque aconteceu.
— Isso não significa nada.
— Mas é isso.
— E se acontecer de tudo acabar?
— Vamos tentar que não aconteça.

Às vezes a observava de longe, numa festa ou em algum evento público. No intervalo de dois anos deixara de ser uma jovenzinha, agora era uma mulher muito apreciada e desprendia uma força de chama sinuosa que ardia com discrição, deslumbrava. Vai me deixar logo — pensava ao olhá-la. Foi a descarga de vitalidade acionada quando a encontrei que me provocou aquela fagulha ambiciosa, graças à qual eu me tornara um homem de sucesso. Mais cedo ou mais tarde Lidia se daria conta de que se apaixonara não por mim, mas pelos efeitos do seu próprio calor sobre minha pessoa, e compreenderia que na verdade eu era apenas um mísero homem aflito. Quanto mais me visse como eu era, mais sentiria atração por outros. Eu pensava assim, e havia pouco começara a ficar de olho nas suas amizades. Entrava em pânico se ela elogiava demais esse ou aquele, mas também temia me transformar quase sem perceber de amante sem preconceitos em carcereiro. Metamorfose — eu bem sabia — de todo inútil. Quer eu quisesse, quer não, Lidia seguiria seu desejo me arruinando, assim como eu seguira o meu arruinando Vanda. Ela me trairia, sim, o verbo era adequado, apesar de não termos assinado pactos, apesar de nossa relação não ter vínculos, apesar de nem eu me sentir obrigado a não desejar outras mulheres, nem ela ter prometido não desejar outros homens. A simples ideia de que isso pudesse acontecer me destruía. Vai viajar a trabalho e conhecer alguém de quem goste. Vai sentir atração por amigos e conhecidos e ficará com eles. Irá a uma festa, ficará alegre, se entregará. Vai se sentir valorizada por autoridades masculinas à sombra das quais gozará de privilégios que eu não pude garantir a ela. O tempo novo apenas estendeu um véu espalhafatoso sobre o antigo, pulsões arcaicas proliferam sob o verniz da modernidade. Mas a vida de hoje é esta, e ela a viverá até o fim, meu sofrimento não poderá impedi-lo. Por isso às vezes eu perdia a vontade de trabalhar, minha capacidade de criar estava se apagando e não despertaria se eu não achasse um meio de me convencer de que estava errado, de que ela me amava e me amaria para sempre. Do contrário, que sentido teria o rastro de dor que eu deixara atrás de mim?

Naqueles momentos a malha estreita dos dias — reuniões, rivalidades, tensões permanentes, pequenas derrotas, pequenas vitórias, viagens de trabalho, e beijos e abraços à tarde, à noite, de manhã: um antídoto perfeito para manter sob controle a memória e os remorsos — se afrouxava de forma imperceptível. Os pais que brincavam com os filhos, os que davam informações cultas nos trens ou nos ônibus, os que para ensiná-los a andar de bicicleta se arriscavam a ter um infarto segurando o selim e gritavam "pedala, pedala" abriam passagem. Vanda e as crianças — esquecidos — ressurgiam para me lembrar que em tempos passados eu tinha feito as mesmas coisas. Numa manhã gelada, em que eu me sentia particularmente deprimido, vi andando na Via Nazionale uma mulher muito magra, desleixada, que arrastava atrás de si os filhos enfezados, um menino e uma menina brigando entre si, ele com uns dez anos, ela com uns cinco. Observei-os demoradamente. As crianças se empurravam, se insultavam, a mãe as ameaçava. Ela vestia um casacão fora de moda, eles calçavam sapatos disformes. Pensei: é minha família que volta do esquecimento, e de repente *vi* meu lugar vazio ao lado deles e me convenci de que fora aquele vazio que os modificara assim.

Dias mais tarde escrevi para Vanda. Ela me respondeu depois de duas semanas, quando eles três já tinham novamente se retirado para o fundo dos meus dias e eu estava bem, tinha espantado os maus pensamentos. A carta me deixou nervoso. *Você escreve dizendo que precisa restabelecer uma relação com seus filhos. Considera que, já tendo transcorrido quatro anos, é possível tratar o problema com serenidade. Mas o que ainda há para tratar? A natureza dessa sua necessidade não foi definida com precisão quando você caiu fora roubando nossas vidas, quando os abandonou porque não suportava a responsabilidade? De todo modo, li para eles seu pedido e os dois decidiram encontrá-lo. Lembro, caso você tenha esquecido, que Sandro tem treze anos e Anna, nove. Estão assolados por incertezas e medos. Não piore ainda mais o estado deles.* Fui então de má vontade ao encontro com meus filhos.

8.

O lembrete sarcástico de Vanda — *Sandro tem treze anos e Anna, nove* — me preparou para encontrá-los diferentes de como os recordava. Mas não estavam apenas diferentes: me pareceram desconhecidos que me olhavam como um desconhecido.

Levei-os a um bar, enchi a mesa de coisas gostosas para comer e beber. Tentei conversar com eles e acabei falando o tempo todo de mim. Em nenhum momento me chamaram de pai; já eu, ansioso, pronunciei mil vezes o nome deles. Como temia que se lembrassem de mim apenas pelo terremoto que eu causara na sua vida, pelo tanto que os fiz sofrer, tentei de modo confuso me apresentar como uma pessoa respeitável, de caráter bem-humorado, que tinha um trabalho do qual eles podiam se gabar com os colegas da escola. Por seus olhares atentos, por alguns sorrisos, até por uma risada alegre de Anna, tive a impressão de que conseguira. Esperei que me fizessem perguntas para saber, por exemplo, o que deviam fazer para seguir meus passos quando crescessem. Mas Sandro não disse nada, e Anna me perguntou, apontando o irmão:

— É verdade que foi você quem o ensinou a amarrar os sapatos?

Fiquei embaraçado. Eu tinha ensinado Sandro a amarrar os sapatos? Não me lembrava. E naquele ponto, sem uma razão imediata, não me surpreendi mais por serem estranhos, o sentido de estranheza estava implícito na nossa relação de origem. Enquanto tinha vivido com eles fui um pai displicente, que para reconhecê-los não sentia a necessidade de conhecê-los. Agora que, para causar boa impressão, eu queria absorver tudo deles, os observava com uma atenção excessiva — como se fossem estranhos, de fato —, devorando detalhes com ânsia de saber tudo deles em poucos minutos. Respondi mentindo: sim, acho que sim, ensinei tantas coisas a Sandro, talvez até a amarrar os sapatos. E Sandro murmurou: ninguém amarra os sapatos como eu. Enquanto Anna me disse: ele amarra de um modo ridículo, não acredito que você também faça assim. Fiz força para sorrir, assumi a expressão mais bondosa de que era capaz. Tinha certeza de que amarrava os sapatos como qualquer um, a anomalia apontada pelos meus filhos com tonalidades diversas deve ter sido adquirida por Sandro na infância, quem sabe por quais caminhos. Está convencido, pensei preocupado, de que manteve uma relação autêntica comigo por esse seu modo de amarrar os sapatos e agora periga descobrir que estava errado. O que eu devia fazer?

Anna me olhou direto nos olhos. Tinha um rosto permanentemente divertido, um trejeito involuntário da boca que a fazia parecer alegre mesmo quando não estava. Disse: mostre como você faz, e me dei conta de que ela também, embora zombasse do irmão, estava buscando com aquela história dos laços a prova de que eu não era um senhor qualquer, a quem era preciso atribuir o papel de pai, mas algo mais. Perguntei: vocês querem que eu mostre agora, aqui, como é que eu amarro meus sapatos? Sim, disse Anna. Desamarrei um sapato e depois tornei a amarrar. Puxei as duas pontas do cadarço, cruzei-as, passei uma ponta sob a outra, apertei com força. Olhei para eles, ambos mantinham o olhar no meu sapato, as bocas semicerradas. Com certo nervosismo tornei a cruzar as pontas, tornei a passar uma sob a outra, apertei de novo, formei uma alça. Fiz uma pausa, inseguro. Os olhos de Sandro começaram a rir de satisfação. Anna murmurou: e depois? Peguei a alça, a fechei apertando-a entre os dedos, passei sob ela a ponta que tinha sobrado, formei uma nova alça e puxei. Pronto, disse a

Sandro, você faz assim? Faço, ele disse. E Anna emendou: é verdade, só vocês dois amarram os sapatos assim, quero aprender também. Passamos o resto do tempo amarrando e desamarrando meus laços e os de Sandro até que Anna, ajoelhada diante de nós, aprendeu direitinho a amarrá-los à nossa maneira. De vez em quando dizia: mas é ridículo amarrar os cadarços assim. No final Sandro me perguntou: quando você me ensinou isso? Decidi ser honesto: não acho que lhe ensinei, você deve ter aprendido sozinho, me olhando. E a partir daquele momento me senti mais culpado do que nunca.

Em seguida Vanda me escreveu, disse com palavras hostis que os dois tinham me achado fugidio como sempre, que eu os havia decepcionado. Nenhuma menção ao episódio dos laços, quase com certeza Sandro e Anna não lhe contaram. Mas eu sabia que aquele amarrar e desamarrar nos reaproximara, ou talvez nos tenha levado a uma distância que, desde que haviam nascido, nunca fora tão curta. Pelo menos era o que eu esperava, e quis acreditar que fosse assim. Ali no bar eu os percebera muito mais meus filhos do que no passado, e sentira — sentira em cada parte do corpo — a responsabilidade por aquilo que lhes havia tirado, o mal que lhes fizera com aquela rapina de certezas afetivas, e chorei por dias e noites, evitando que Lidia notasse. Por isso não pude acreditar que tivessem dito à mãe: ele nos decepcionou. Porém, como eu tinha certeza de que Vanda não contava mentiras — ela nunca mentia —, pensei que foram Sandro e Anna que mentiram para ela. Mas com boas intenções. Temiam que, se tivessem dito à mãe que havia sido bom me encontrar, ela acabaria sofrendo, e qualquer sofrimento seu os aterrorizava, preferiram calar tudo de bom que haviam descoberto em mim para evitar que Vanda se entristecesse.

Foi naquele período que me lembrei da minha mãe, de quando ela cortou um pulso com a gilete do meu pai. O sangue pingava no chão, e nós, os filhos, a impedimos de cortar o outro. Na tela de insensibilidade que eu erguera durante a infância e primeira adolescência algo se rompeu. Os longínquos tormentos da minha mãe, seu descontentamento, a raiva, às vezes o ódio contra o marido que lhe coubera, tudo isso me atingiu sem nenhum filtro, com uma potência que eu nunca sentira antes. Por aquela brecha também passou a dor de Vanda. E não só senti pela primeira vez na carne quanto a massacrara, mas também me dei conta, com a mesma intensidade insuportável, de que, enquanto eu cuidava de esquivar o choque daquele sofrimento, nossos dois filhos o tinham recebido em cheio, talvez com estragos. No entanto perguntavam dos laços. Você amarra os sapatos como eu? Isso é ridículo, mas me ensina?

9.

Voltei a encontrá-los. Apareci na casa de Nápoles buscando dar continuidade às minhas visitas. Hospedei-os em Roma. Levei-os para almoçar e jantar no restaurante — uma total novidade para eles —, e os dois dormiram no apartamento que eu tinha alugado no Viale Mazzini, onde nos últimos tempos eu morava com Lidia. Percebi que, mesmo com o sucesso crescente que eu começava a ter, aquilo jamais poderia justificar o rastro de dor que eu deixara para trás, e compliquei minha vida a ponto de negligenciar o trabalho. Mas a dor agora estava nos gestos, nas vozes, indelével. Desde o início Anna rechaçou as gentilezas de Lidia para demonstrar programaticamente que a detestava. Sandro, depois de algumas tentativas mal-humoradas de aceitar a situação, não quis mais pisar numa casa em que eu morava com outra mulher que não fosse sua mãe. Exigiram de mim a máxima atenção, quiseram que eu estivesse à sua disposição a qualquer momento. Trabalhar pouco ou quase nada começou a me causar problemas, e para enfrentá-los me vi forçado a dedicar menos tempo a Lidia. Minha vida com ela, a vida livre como a tínhamos vivido, perdeu terreno, e foi preciso acertar as contas com os prazos contratuais, com a sombra de Vanda, com os caprichos de Sandro e Anna.

— Cuide dos seus filhos — Lidia me disse certa vez.
— E você?
— Eu posso esperar.
— Não, você não vai me esperar. Tem seu trabalho, seus amigos, vai me deixar.
— Já lhe disse que espero.

Mas não estava contente, tinha uma vida cada vez mais autônoma, sem mim. E as crianças não estavam contentes, nem Vanda parecia contente; por mais que eu me dedicasse aos filhos respeitando pontualmente todas as obrigações que ela me impunha, fazia cada vez mais exigências. Decidi, por exemplo, ver Sandro e Anna apenas na casa de Nápoles, em parte porque a escola e os amigos deles estavam lá, em parte porque não queria complicar ainda mais minha vida com Lidia, em parte porque Vanda queria assim. Ela oscilava entre rancor e receptividade. Se por algum motivo eu a incomodava, rebatia com uma resposta rude. Mas, se eu me mostrava remissivo, ela me mantinha em casa, solícita, me deixava trabalhar impedindo os filhos de me importunar, e a certa altura passou a pôr a mesa para o almoço e o jantar também para mim.

Em pouco tempo, encontrar Sandro e Anna na casa de Vanda se tornou mais prático — e até mais proveitoso do ponto de vista do trabalho — do que vê-los em Roma. Certa vez, Lidia viajou a trabalho — precisava ficar fora uma semana —, então cedi às insistências dos dois e fui para Nápoles. Fiquei não por uma noite, mas por todos os sete dias. Certa noite, Vanda e eu conversamos por muito tempo sobre quando nos conhecêramos, quase vinte anos antes. Deitamos na nossa velha cama de casal, mas sem nos tocarmos, e caímos no sono enquanto falávamos daqueles tempos distantes. Quando reencontrei Lidia, contei isso a ela. Era uma fase em que eu me irritava com seus compromissos de trabalho, com a admiração que ia crescendo em torno dela, com a tolerância com que aceitava a situação complicada em que eu a pusera. Era sempre gentil e nunca se chateava quando as crianças e minha mulher — nunca nos separamos legalmente, e assim não era sequer possível aquela coisa nova chamada divórcio — irrompiam na nossa vida privada com telefonemas intermináveis. Lidia não fazia cobranças, não se queixava e só endurecia quando eu dizia algo sobre seus contínuos compromissos, o que me fazia suspeitar de que ela não tinha mais interesse em mim, em nós dois. Por isso esperei que ela se enfurecesse, que gritasse, que chorasse. Mas ela não disse nada, apenas ficou muito pálida. Depois, sem discutir, deixou a casa que tínhamos alugado e voltou para sua quitinete. Diante das minhas queixas e súplicas ela simplesmente disse: preciso de um espaço meu, assim como você precisa do seu.

Por um tempo morei sozinho, mas me sentia triste. Voltei a Nápoles, aos filhos, à minha mulher, primeiro por uma semana, depois por duas, depois por três. Mas não podia viver sem Lidia. Durante muitos meses liguei obsessivamente para ela, mas tomando cuidado para que nem as crianças nem Vanda percebessem. Lidia atendia de imediato, falava comigo com afeto, mas, quando eu lhe dizia que precisava vê-la com urgência, desligava sem nem dizer tchau. Ela só rompeu de vez comigo quando, esgotado pela necessidade dela e pela solidez crescente da relação com Vanda e as crianças, propus uma espécie de relação clandestina, sem compromisso, ela livre e eu livre, feita exclusivamente do prazer de estarmos juntos de quando em quando. Foi um período terrível. Para atenuar a dor, dediquei todas as minhas energias a um programa de tevê de grande sucesso e comecei a ganhar tão bem que me transferi com a família para a capital.

10.

Não sei dizer ao certo quando comecei a temer Vanda. De resto, nunca disse isso a mim mesmo de modo tão explícito — *eu temo Vanda* —, é a primeira vez que tento conferir a esse sentimento uma gramática e uma sintaxe. Mas é difícil. Até o verbo que usei — *temer* — me parece inadequado. Estou me servindo dele por comodidade, mas ele é limitado, deixa muita coisa de fora. De todo modo, para simplificar, as coisas estão neste pé: desde 1980 até hoje vivi com uma mulher que, mesmo sendo pequena de estatura, muito magra, frágil até na estrutura óssea, sabe como me tirar as palavras e as forças, sabe como me tornar vil.

Aconteceu, acho, pouco a pouco. Ela me aceitou de volta, mas não com o amor afetuoso que tinha caracterizado os primeiros doze anos do nosso casamento. Fez tudo de modo aflito e com uma ânsia de autopromoção. Falava muito do esforço que fizera para mudar, de como tinha varrido todos os tabus, da sua determinação em se tornar uma mulher plena. Assim, teve início um longo período em que me pareceu que ela não conseguia encontrar um equilíbrio. Estava consumida, as mãos e os olhos não se aquietavam nunca, fumava demais. Não queria que nós dois recomeçássemos do ponto em que estávamos antes que a crise explodisse, recusava-se a assemelhar-se a si mesma. E me impôs uma espécie de ladainha cotidiana visando me demonstrar como ela era jovem, bonita, elegante, livre, bem mais do que a garotinha por quem eu a deixara.

Fiquei perplexo. É quase certo que tentei fazê-la entender que me bastavam suas serenas atenções de antigamente, que não era preciso empenhar-se tanto em cada coisa. Mas logo me dei conta de que, a cada sinal meu de desprazer, ela se enrijecia. Eu acreditara que, orgulhosa da sua vitória, ela esquecesse, e de fato estava mesmo esquecendo, mas não como eu havia imaginado. Evitava me jogar na cara o que eu tinha feito a ela, deixava as humilhações e os insultos desbotarem. Mas a dor daqueles anos teimava em não passar, estava apenas buscando outras saídas. Vanda continuava sofrendo, e dava ao seu sofrimento a forma da intransigência. Sofria e se contrariava, sofria e se tornava hostil, sofria e assumia um tom desdenhoso, sofria e se tornava inflexível. Cada dia da nossa nova vida significava para ela uma prova decisiva cuja substância era: não sou mais a pessoa conciliadora de antes e, se você não fizer como lhe digo, é melhor ir embora.

Descobri que o mal-estar dela me deprimia. Se a dor que eu lhe infligira demorara a infiltrar-se em mim, logo me dei conta daquela nova inflexão do tormento e senti seu peso, sua tristeza. Aos poucos, cheio de sentimentos de culpa, controlei o incômodo, fiz força para elogiá-la muito todos os dias, esperei com paciência que se cansasse de me demonstrar sua inteligência, a radicalidade das suas opiniões políticas, a impetuosidade na cama, a segurança de si. A estratégia deu bons resultados. Parou de me esfregar citações na cara, pôs de lado a vontade de subversão, o desejo sexual se resolveu, retomou o cuidado discreto de si. Entretanto, não parou de reagir mal a qualquer divergência minha. Se acontecia de eu não estar de acordo com ela, se alarmava. Via nisso um descontentamento e não o suportava: empalidecia, acendia um cigarro tragando a intervalos brevíssimos com mãos trêmulas, defendia suas posições levando-as até o absurdo. Só se acalmava quando no final eu lhe dava razão, momento em que mudava bruscamente de humor e se tornava muito alegre e solícita. Logo entendi que, se em anos passados era ela quem se mostrava sempre de acordo comigo, e essa sintonia a acalmava, agora só se tranquilizava se a sintonia pressupunha que eu é que estivesse sempre de acordo com ela. Qualquer contrariedade minha provavelmente lhe parecia um sinal de crise e seu próprio sinal de alarme a exasperava, era ela quem primeiro queria botar tudo a perder. Aprendi a não me meter nas suas coisas, a silenciar as minhas, a me mostrar sempre benévolo e conciliador.

Isso ocorreu, grosso modo, nos dois anos que se seguiram ao nosso reatamento. Foi um biênio complicado. Depois Vanda achou um equilíbrio, quis ter um trabalho embora eu ganhasse bem, se empregou no escritório de um empresário. Apesar de cada vez mais frágil, mais marcada pelos anos, multiplicou suas energias e em nenhum momento descuidou da casa, de mim, dos filhos. Eu ficava atento para não derrapar. Dava-lhe apoio distraidamente nas disputas do trabalho, era um espectador mudo das suas perseguições contra as empregadas domésticas, respeitava a ordem ferrenha da vida familiar. Pedia que me acompanhasse a todo evento público, e ela assentia de bom grado, observava tudo e todos, e na volta desmontava peça por peça a vaidade de homens muito conhecidos, a qualidade das mulheres que me tratavam com demasiada intimidade — as vozezinhas açucaradas, a falsa beleza, o blá-blá-blá pretensioso —, ridicularizando com habilidade uns e outras para me divertir.

O único setor em que tentei insistentemente meter o bico foi na educação dos filhos. Me irritava que ela impusesse a eles uma vida tão ascética: nada de despesas supérfluas, pouquíssima televisão, pouca música, raras saídas à noite, muito estudo. Sentia o peso do olhar de Sandro e Anna, que, em turnos, ora por um motivo, ora por outro, me pediam em silêncio que eu usasse minha autoridade em seu favor. E, como eu acreditava ter voltado para casa por amor a eles, a princípio pensei comigo: seja pai, você deve intervir, não pode se omitir. E de fato intervim, sobretudo quando eles cometiam alguma infração e ela os obrigava a discutir longa e pacatamente a respeito, mas enquadrando-os na sua lógica implacável. Naquelas ocasiões eu não conseguia me conter e, mesmo com cautela e atenta mediação, dizia o que pensava. Vanda se calava, me deixava falar, os meninos se acalmavam, Anna me lançava olhares de gratidão. Mas e depois? Depois se passavam alguns segundos e a mãe deles agia como se não tivesse me ouvido, ou como se eu tivesse dito bobagens às quais nem valia a pena retrucar, ou até como se eu não existisse. Continuava perseguindo os dois com argumentações ainda mais cerradas, pressionando: digam livremente sua opinião, vocês estão ou não estão de acordo?

Certa vez, porém, teve um estalo e me disse gélida:

— Falo eu ou você?

— Você.

— Então saia, por favor, me deixe raciocinar com meus filhos.

Obedeci, decepcionando as crianças. Depois foram horas de hostilidade e, por fim, tarde da noite, houve uma briga de verdade.

— Eu não presto como mãe?

— Não estou dizendo isso.

— Quer que eles cresçam como Lidia?

— O que Lidia tem a ver com isso?

— Não é seu modelo de pessoa?

— Pare com isso.

— Se quiser que eles cresçam como Lidia, podem ir os três morar com ela, eu não aguento mais vocês.

Recuei, não queria que ela gritasse, chorasse, tornasse a desabar. A dor estava sempre ali, não acabava nunca. Comecei a me fazer de sonso toda vez que ela atormentava os filhos com um número infinito de perguntas para as quais exigia respostas tão coerentes quanto sinceras. Sandro e Anna agora me olhavam desconfiados. No início devem ter se perguntado: quem é este homem, o que ele pensa, vai se decidir ou não a vir em nosso socorro gritando chega, deixe os dois em paz. Agora não pediam mais isso. Talvez também tivessem entendido que o equilíbrio era aquele. Um equilíbrio que eu só poderia romper se, às palavras que Vanda sempre trazia na ponta da língua (*ou você me demonstra a todo momento que me aceitou incondicionalmente, ou a porta de casa está bem ali, suma*), estivesse pronto a responder: grite quanto quiser, mate seus filhos e se mate, não suporto mais você, vou embora. Mas nunca fui capaz disso. Já tinha agido assim uma vez, inutilmente.

    Assim os anos foram passando com regularidade, nos tornamos uma pequena família abastada, respeitável. Ganhei um pouco de dinheiro. Vanda guardou uma parte com a ferocidade poupadora que sempre foi dela, e adquirimos esta casa a poucos passos do Tibre. Sandro se formou, Anna também. Tiveram dificuldade de encontrar trabalho, perdem o emprego continuamente, recorrem a nós para se sustentar, levam vidas desorganizadas. Sandro faz filhos com cada mulher que ama, já tem quatro, sacrifica tudo por eles, considera-os a única coisa que importa. Anna se recusou a pôr filhos no mundo, acha que se trata de um dos tantos comportamentos incivilizados do gênero humano, um resíduo animal. Nenhum dos dois submete a mim seus pedidos às vezes absurdos, sabem que quem segura as rédeas é a mãe. Me viram circular pela casa como um espírito inócuo, quase mudo. E não estavam enganados. Minha vida se fez toda à margem deles. Na família fui um homem-sombra, sempre silencioso, mesmo quando Vanda festejava com grande alegria *meus* aniversários, convidando *meus* amigos, *meus* parentes. Não houve mais conflitos. Em qualquer circunstância pública ou privada eu me calava ou fazia sinal que sim, vagamente divertido; e ela me falava com um tom irônico e obscuramente alusivo, superficialmente afetuoso.

    Ironia, sim, às vezes sarcasmo. E sempre a meio caminho entre o afago e a chicotada. Se por acaso pronuncio uma frase imprópria ou lanço um olhar descontrolado, logo palavras secas me atingem, e algo dentro de mim corre para se esconder. Quanto às minhas qualidades, aos meus méritos, ora. Vanda com frequência deu a entender a mim, aos meus filhos, às empregadas, aos amigos e aos convidados que eu sou um bom homem, um bom companheiro, e que desde a juventude tive um grande talento. Mas nunca se entusiasmou explicitamente pelo meu trabalho, pelos meus sucessos, e se alguma vez os apreciou de modo chocho só o fez para enfatizar que nos permitiram algum bem-estar.

Certa vez, acho que uns quinze anos atrás — era verão, estávamos de férias, passeávamos à beira-mar —, ela de repente se dirigiu a mim não com o tom de sempre, mas séria:

— Não lembro mais nada de nós.

Tomei coragem, perguntei:

— De nós quando?

— Sempre: desde o momento em que nos conhecemos até hoje, até quando eu morrer.

Evitei rebater, nem sequer zombei da insensatez daquele arco temporal. Fui salvo por um brilho na água, uma moeda de cem liras. Que recolhi e lhe dei como um agrado. Ela a examinou com atenção e depois a atirou de novo no mar.

II.

Pensei com frequência naquelas poucas palavras, às vezes não me dizem nada, às vezes, tudo. Tanto eu quanto ela conhecemos a arte da reticência. Da crise de tantos anos atrás ambos aprendemos que, para viver juntos, é preciso dizer bem menos do que calamos. Funcionou. O que Vanda diz ou faz é quase sempre o sinal daquilo que esconde. E minha concordância contínua encobre que há décadas não temos nenhum tipo, absolutamente nada, de sentimento em comum. Em 1975, durante um dos nossos embates cruelmente sinceros, ela gritou para mim: é por isso que você mandou serrar a aliança no dedo, você quer se livrar de mim. E, como eu fiz que sim quase sem perceber — na época meu organismo estava fora de controle —, Vanda tirou o anel do anular e o jogou longe. O pequeno aro de ouro bateu contra uma parede, ricocheteou no fogão e caiu no assoalho, correndo como se estivesse vivo para debaixo de um móvel. Cinco anos depois, quando meu retorno lhe pareceu definitivo, a aliança reapareceu no dedo. Significava: eu me sinto ligada a você de novo, mas e você? A indagação muda tinha a nova tonalidade imperativa, exigia uma resposta imediata, silenciosa ou gritada. Resisti por uns dias, mas via perfeitamente que ela girava o anel no anular cada vez mais nervosa. A oferta de fidelidade servia sobretudo para verificar minhas intenções. Fui a um ourives e voltei para casa com um aro de ouro no dedo; dentro dele, mandei gravar a data da nossa reconciliação. Ela não disse nada, nem eu. Mas apesar do anel tive uma amante logo em seguida — três meses depois de ter voltado para casa — e fui obstinadamente infiel até uns anos atrás.

Não tenho certeza quanto às razões por que me comportei assim. Decerto tiveram algum peso a distração da sedução, a curiosidade sexual, a impressão (infundada) de que a cada flerte se reacendia em mim a criatividade perdida. Mas prefiro uma motivação mais imprecisa e ao mesmo tempo mais verdadeira: queria provar a mim mesmo que, apesar de ter reconstituído o antigo casal, de ter voltado à família, de ter recolocado a aliança no dedo, eu era livre, não tinha mais vínculos verdadeiros.

Mas sempre me submeti àqueles riscos com muita prudência. Não houve mulher receptiva a quem eu não tenha dito no momento oportuno: desejo você, sim, mas precisamos deixar as coisas às claras se quisermos ter uma amizade longa; sou um homem casado, já fiz minha mulher e meus filhos sofrerem além do tolerável, não quero que sofram mais; portanto, tudo o que podemos nos conceder não é nada mais do que um pouco de prazer, por um breve período e com a máxima discrição; se estiver bom para você, continuamos, do contrário, não. Nunca recebi respostas desaforadas. Os tempos tinham mudado: impunham cada vez mais às solteiras e às casadas que reivindicassem seu prazer com desenvoltura, à maneira dos homens. As garotas se sentiam antiquadas se criassem muitas dificuldades, e as mulheres com marido e filhos consideravam o adultério um pecado venial ou, mais simplesmente, um truque masculino para submetê-las. Portanto, exibiam seu desejo sem esperar sabe-se lá que amor e, sendo assim, me ouviam com um sorriso nos lábios, como se minha premissa fosse uma historieta excitante. E aí vinham as escapadas. Em raras circunstâncias tive a impressão de perder a cabeça e temi que tudo estivesse a ponto de recomeçar. Acontecia sobretudo quando era minha amante que me dispensava. Nesses casos a ferida deixada por Lidia se reabria e, por algumas semanas, alguns meses, era como se eu fosse morrer.

O que não aconteceu, e foi justamente o fantasma de Lidia que me salvou de novos desastres. Não me perdi atrás de outras mulheres porque permaneci ligado a ela. Nunca a esqueci, e pensar em Lidia ainda me perturba. Por isso todos os anos eu achava um meio de encontrá-la. Acompanhei com assiduidade os desdobramentos da sua vida. Ela ainda ensina na universidade, mas já está perto de se aposentar. Escreve em jornais, é uma economista muito respeitada, sobretudo nesses tempos de desemprego e miséria. Casou-se trinta anos atrás com um escritor bastante conhecido, desses que durante toda a vida gozam de certo prestígio e, depois que morrem, ninguém mais lê. É um casamento bem-sucedido. Tem três filhos homens, todos já adultos, todos trabalhando no exterior e muito bem remunerados, em setores relevantes. Fico contente por ela, é bom que tenha tido uma vida feliz. Quando nos encontramos — de início ela não queria me ver, eu a esperava no portão, espiava de longe, ficava seduzido pelas roupas de cores sempre bem variadas, o passo elegante; mas com o passar dos anos ela cedeu, e nossos encontros se tornaram um hábito, quase um rito anual, mas que continua me emocionando —, ela me conta muito sobre si. Foram e são encontros inocentes. Eu a escuto com atenção. Sua vida pouco a pouco foi se tornando mais plena do que a minha, e agora, que as satisfações tendem a diminuir também para ela, demora-se longamente sobre o sucesso dos filhos. O marido sabe tudo a nosso respeito, acho que ela lhe relata até minhas lamúrias de velho insatisfeito, os dissabores que Sandro e Anna me deram e me dão. Já Vanda ignora que nunca perdi contato com a mulher por quem muito antes, anos atrás, decidi deixá-la. Nem quero imaginar o que aconteceria se ela viesse a saber, o próprio nome de Lidia é impronunciável há quatro décadas. Tenho certeza de que ela seria capaz de tolerar toda a lista das amantes que tive, mas não a prova de que vejo Lidia, a escuto, e ainda a amo.

Terceiro capítulo

I.

Acordei sobressaltado. Ainda estava no escritório, mas deitado de lado sobre as cartas de Vanda. A luz elétrica continuava acesa, mas já pelas persianas, através das frestas de luz rosada, o dia estava vindo. Eu tinha dormido em meio às fúrias, súplicas e lágrimas de quarenta anos atrás.

Ergui o tronco, tinha dores nas costas, no pescoço e na mão direita. Tentei me levantar e não consegui, precisei ficar de quatro para depois me pôr de pé com um gemido, agarrado à estante. Sentia no peito um aperto de angústia, vindo de um sonho que ainda me perturbava. O que eu tinha sonhado? Estava ali, no escritório devastado. Lidia estava estendida no chão em meio aos livros, com o aspecto de muitos anos atrás. Ao olhar para ela eu me achava ainda mais velho e não sentia nenhuma alegria, e sim incômodo. Minha casa inteira estava deixando Roma, movia-se devagar, balançando de leve, como uma barca atravessando um canal. Por um instante aquele movimento me pareceu de todo normal, depois me dei conta de que algo não ia bem. O apartamento inteiro estava se dirigindo para Veneza e no entanto, sem qualquer lógica, estava deixando para trás uma parte de si. Não conseguia entender como era possível que houvesse dois escritórios, idênticos em cada detalhe, incluídas minha presença e a de Lidia, mas um permanecia imóvel, isolado, e o outro se afastava com toda a casa. Depois, observando bem, percebia que a jovem que viajava comigo não era Lidia, mas a moça do solenoide. A descoberta me tirava o fôlego.

Olhei o relógio, eram cinco e vinte. A perna direita também me doía. Ergui a persiana com dificuldade, abri a porta-balcão, fui à sacada para despertar definitivamente com o ar fresco. Havia cantos insistentes de pássaros e retângulos frios de céu entre os edifícios. Disse a mim mesmo: preciso me livrar das cartas antes que Vanda acorde. Ela não gostaria de descobrir que haviam resistido, que os ladrões as tinham trazido à luz, que se encontravam ali, no assoalho, que eu as tinha lido — lido, sim, não relido — como se as tivesse recebido apenas naquela noite. Talvez nem se lembrasse mais de tê-las escrito e ficaria furiosa, com razão. Não era tolerável que palavras nascidas de um descompasso, de eras e culturas desaparecidas, de repente se reapresentassem. Aquelas frases eram Vanda fora de si, vestígio de uma voz que não lhe pertencia mais. Voltei ao quarto depressa, recolhi as cartas e as joguei no lixo.

Nessa altura me perguntei o que fazer. Preparar um café? Tomar uma ducha para acordar? Certificar-me logo de que não houvesse outros documentos dolorosos por ali? Reexaminei o cômodo com o olhar: o piso, os móveis, os sacos de lixo, as prateleiras desconjuntadas, o teto. Me concentrei no cubo de Praga, o cubo dos meus segredos. Estava muito na beirada, parecia a ponto de cair, me pareceu prudente empurrá-lo mais para dentro. Mas antes apurei o ouvido para saber se Vanda ainda dormia. Como o canto dos pássaros era tão forte que apagava qualquer outro som, abri uma porta atrás da outra tendo o cuidado de que as maçanetas rangessem o mínimo possível e, na ponta dos pés, fui até o quarto de casal. Entrevi minha mulher na penumbra, era uma velha senhora miúda, dormindo de boca entreaberta, a respiração serena. Ocorreu-me que ela estava sonhando, experimentando emoções. Devia ter posto de lado a lógica com que se defendera de mim, dos filhos, do mundo pela vida toda, e agora se rendia a si mesma. Mas eu não sabia nada do seu tumulto interior, nunca saberia nada. Beijei-a na testa. Ela parou um instante de respirar, depois recomeçou. Fechei com o mesmo cuidado todas as portas atrás de mim e voltei ao escritório. Uma vez no alto da escada de metal, abri o cubo azul pressionando com força uma das suas faces. Estava vazio.

2.

O cubo de Praga custodiou por décadas uns vinte polaroides tirados entre 1976 e 1978. Eu mesmo tinha comprado a máquina, naquela época fotografava Lidia com frequência. Se as câmeras fotográficas comuns obrigavam quem não era capaz de revelar e imprimir os rolos sozinho a levá-los a um estúdio fotográfico, submetendo assim a própria vida privada aos olhos de um estranho, com aquele dispositivo era possível tirar e imprimir a foto na mesma hora. Lidia mal tinha tempo de correr para o meu lado e assistir comigo ao milagre, e já a reprodução do seu corpo delgado saía do nevoeiro denso de um pequeno retângulo de papel ejetado da máquina. Acumulei um monte de polaroides naqueles anos. Quando voltei para Vanda, levei aqueles nos quais, fotografando Lidia, tive a impressão de fotografar meu prazer de estar vivo. Em não poucas imagens ela estava nua.

Fiquei em cima da escada, atordoado. Por algum motivo que me foi difícil decifrar, Labes voltou à minha mente, embora não tivesse pensado nele por toda a noite. Deve ter ido procurar uma namorada, dissera o jovem policial, rindo. Do sexo se ri sempre, embora todos saibam que ele pode semear discórdia, trazer infelicidade, gerar violência, levar ao desespero e à morte. Quem sabe quantos amigos e conhecidos devem ter rido ou sorriram quando eu fui embora de casa. Eles se divertiram (*Aldo está aproveitando, ah, ah, ah*) exatamente como fizemos Nadar, o policial e eu com a ideia da vagabundagem erótica de Labes. Mas eu tinha voltado, e Labes não, ainda não. Nenhum miado, apenas o canto dos pássaros. Pensei em Vanda, ela me olhara com antipatia, não riu da tirada do policial. Para ela, Labes tinha sido sequestrado, e os ladrões mais cedo ou mais tarde pediriam um resgate. Mas nenhum de nós, homens, levamos a sério a hipótese da velha senhora, muito menos o policial: os ciganos não sequestram gatos para devolvê-los em troca de pagamento. Claro — pensei comigo no alto da escada —, os ciganos não. E tive a impressão de compreender por que de repente me recordara de Labes. Foto e gato tinham em comum o eros e a desaparição. Os ladrões não eram rapazes nômades e não buscavam apenas alguma correntinha de ouro. Destruíam casas para localizar os pontos fracos dos moradores e depois reaparecer pedindo dinheiro.

Tornei a pensar em como a garota do solenoide se dedicara ao gato, em como seu olhar vívido percorrera de cima a baixo os livros, as quinquilharias, o cubo azul. Neste último ela pusera os olhos na mesma hora, apesar de estar no alto e numa posição de pouco destaque. Bonita aquela cor, dissera. Que olho treinado. Senti a raiva me subindo à cabeça e tentei me acalmar. Na minha idade é fácil transformar uma suspeita em hipótese plausível, a hipótese plausível em certeza absoluta, a certeza absoluta em obsessão. Desci a escada com cautela, degrau a degrau. Aquela hipótese perigava me desviar do rumo certo, eu precisava antes de tudo verificar se não havia ocorrido algo de mais óbvio e mais arriscado. Os ladrões — enxotei a garota com esforço e voltei ao substantivo genérico — tinham achado o cubo, conseguiram abri-lo, mas talvez tenham no máximo dado risada e depois atiraram as fotos entre as tantas coisas reviradas das estantes e prateleiras. Era o mais provável. Mas nesse caso — pensei comigo — preciso verificar tudo com urgência, aqui e em todos os outros cômodos. Vanda não pode encontrar esses polaroides, seria uma desgraça. Que sentido teria a aquiescência de todos esses anos, as infinitas prudências, a autorrepressão contínua se agora, bem no final, na velhice, quando estamos particularmente frágeis, quando mais precisamos nos ajudar um ao outro, acabamos nos trucidando? Impus a mim mesmo reexaminar cada canto com a maior atenção e comecei a vasculhar entre as coisas amontoadas contra a estante, torcendo para ter passado toda a noite com as fotos sob meus olhos sem nem perceber.

Porém, quanto mais vasculhava, mais me distraía. Pensava em Lidia, em nosso tempo feliz. Caso encontrasse as fotos, iria jogá-las no lixo como tinha feito com as cartas. E não conseguia suportar a ideia de que desaparecessem para sempre, de que eu não pudesse mais, de tanto em tanto, quando estava sozinho em casa, olhar para elas, me exaltar, me consolar, entristecer, sentir que pelo menos por um breve período da vida eu estive bem. Já há muito tempo a alegria de então, seu sopro leve sem nenhuma escória venenosa, me parecia às vezes uma fantasia senil, uma alucinação do cérebro mal oxigenado. O que aconteceria em seguida? Vasculhei com uma mistura incongruente de frenesi e desinteresse, me convenci de que as fotos não estavam nem no escritório nem na sala. E então? Daqui a pouco Vanda estaria de pé e, com uma eficiência bem maior do que a minha, começaria a pôr ordem na casa. Seu olhar não embaçava ou se perdia em devaneios, era sempre atento. Os polaroides podiam ter ido parar no quarto de casal, nos quartos que tinham sido de Sandro e Anna. Se ela os encontrasse, não só descobriria que Lidia nunca foi esquecida, que durara por décadas encerrada numa juventude intangível, ao passo que ela inevitavelmente envelhecera sob minhas mãos e meus olhos; mas também ocorreria que, na tentativa de acalmá-la, eu teria de destruir as fotos na presença dela, teria de queimá-las no fogão sem ao menos um último olhar.

Reabri as portas sem nenhum ruído e entrei no quarto de Anna. Também ali, que desastre. Comecei a procurar entre centenas de cartões-postais, recortes de jornal, fotos de atores e cantores, desenhos coloridos, canetas que não escreviam, réguas, esquadros, tudo. Depois ouvi a porta do quarto de casal se abrindo, os passos de Vanda. Pálida, os olhos inchados, apareceu na soleira:

— Encontrou Labes?
— Não, senão já teria acordado você.
— Conseguiu dormir?
— Só um pouco.

3.

Tomamos café, como sempre quase em silêncio. A certa altura, tentei fazê-la voltar para a cama, mas ela não quis. Quando se fechou no banheiro, dei um suspiro de alívio e comecei a procurar freneticamente no quarto de Sandro. Mas o tempo foi insuficiente, Vanda reapareceu depois de vinte minutos com os cabelos ainda molhados, o rosto vincado pelo mau humor, e no entanto já pronta para reorganizar a casa de cima a baixo.

— Está procurando o quê? — perguntou perplexa.
— Nada, só estou arrumando.
— Não é o que parece.

Ela me sentia como um estorvo, jamais confiou na minha ajuda, sempre teve a convicção de que sozinha fazia as coisas mais rápido e melhor. Respondi, irritado:

— Viu como arrumei a sala e o escritório?

Foi dar uma olhada e se mostrou insatisfeita.

— Tem certeza de que não jogou fora coisas úteis?
— Só descartei o que estava em frangalhos.

Balançou a cabeça pouco convencida, e temi que quisesses remexer nos sacos de lixo.

— Confie em mim — eu disse.

Resmungou:

— Os sacos estão atravancando a passagem, leve-os para as lixeiras.

Fiquei agitado, não queria deixá-la sozinha pela casa. Pretendia segui-la por todo lado e, se as fotos aparecessem em algum lugar, chegar antes dela.

— Talvez seja melhor você me ajudar — falei —, são muitos sacos.

— Faça mais viagens. Alguém precisa ficar aqui.

— Por quê?

— Podem telefonar.

Continuava achando que os ladrões dariam as caras e nos devolveriam Labes. Aquela sua convicção me sugestionou, e voltei a suspeitar da garota do solenoide. Ela é quem ligaria. Ou talvez não, talvez quem ligasse fosse seu provável cúmplice, o homem das jaquetas de couro falso. Falei:

— Vão querer conversar comigo.

— Não acho.

— Geralmente se fala com o homem.

— Que nada.

— Você está realmente disposta a pagar pelo gato?

— Você quer que o matem?

— Não.

Tinha na cabeça as vozes da garota e do homem, a zombaria, os risotes. Pelo gato — diriam — queremos tal valor; pelas fotos, mais esse. Se não? Senão mostramos as fotos à sua esposa. Claro, eu poderia responder: aquela garota é minha mulher quando jovem, mas com certeza eles começariam a rir, rebateriam: então não tem problema, vamos devolvê-las à sua senhora junto com o gato. Assim, tudo previsível. Tentei ganhar tempo, suspirei:

— Quanta violência por aí.

— Sempre houve.

— Mas nunca tinha entrado em nossa casa.

— Você acha?

Fiquei calado, ela disse brusca:

— Você vai ou não vai?

Me abaixei para pegar um caco de vidro que me escapara.

— Talvez seja melhor limpar toda a casa primeiro e depois levar o lixo para baixo.

— Eu preciso de espaço, vá.

Pus todos os sacos no elevador, no final não havia espaço nem para mim. Desci a pé até o térreo, apertei o botão do elevador, a cabine desceu. Arrastei os sacos para as lixeiras, estavam cheios e volumosos, não entravam nem no cesto para papel, nem nos de vidro e plástico, em nenhum. Precisaria selecionar os materiais um por um, e desisti. Deixei os sacos no asfalto, mas em ordem, um ao lado do outro, esperando que Nadar não me visse das janelas.

Já fazia calor, enxuguei o suor. O olhar hipotético de Nadar me trouxe à memória outros olhares. Quem me garantia que os ladrões dariam notícias por telefone? Podiam já estar em algum canto, me espreitando. O jovem de cor apoiado num dos poucos carros, único ser humano na rua ainda vazia, não podia ser um deles? Voltei ao portão, vigiando o rapaz com o rabo do olho. Estava com o coração acelerado, uma sensação de inchaço em todo o corpo, dor na nuca. Pela primeira vez desejei que Sandro ou Anna aparecessem de repente e me dessem uma mão, que acima de tudo me arrancassem do meu próprio sangue envelhecido, zombando de mim com afeto, como costumavam fazer: você está exagerando, está vendo perigos e conspirações em tudo, não sabe viver com os pés no chão, continua escrevendo mentalmente os telefilmes que escreveu até dez anos atrás.

Voltei para casa ansioso, bastaria um relance para descobrir se naquele meio-tempo Vanda tinha encontrado as fotos. Preparei às pressas algumas palavras conciliadoras, caso fosse preciso: não sei de nada, vai saber de onde vieram, me dê aqui para jogá-las fora junto com o resto. Também pensei em insistir na necessidade de ordem: a casa reduzida àquele estado parecia um incentivo para jogarmos ainda mais coisas fora. De resto, Vanda parecia ter a mesma opinião, já que tinha acordado tão disposta a trabalhar. Porém, quando apareci na sala de estar, não me pareceu que tivesse feito grande coisa. Surpreendi minha mulher remexendo num canto como se tivesse perdido algo. Assim que me ouviu se levantou de lábios cerrados, alisando o vestido leve com as mãos.

4.

O dia ficou muito quente. Deixei Vanda com a sala e o escritório e fui arrumar os quartos de Anna e Sandro. Assumi a tarefa por minha conta, para procurar as fotos com tranquilidade. Minha mulher não fez nenhum barulho, nem sequer um ruído, e depois de um tempo passei a garimpar também o quarto de casal, o banheiro. Quando tive certeza de que as fotos não estavam em nenhum lugar e que, portanto, era preciso esperar o pior, voltei à sala de estar. Encontrei minha mulher sentada na soleira da varanda aberta, olhando para fora. Durante todo aquele tempo ela não tinha feito nada, o cômodo estava no mesmo estado em que o deixara.

— Não está se sentindo bem? — perguntei.
— Estou ótima.
— Algum problema?
— Todos.

Falei com o tom mais afetuoso de que era capaz:
— A gente vai recuperar Labes.

Virou-se para me olhar.
— Por que só agora você resolveu me revelar o verdadeiro sentido do nome dele?
— Nunca o escondi de você. É nosso bicho doméstico e o chamei de Labes, qual é o mal?

— Você é um mentiroso, sempre foi um mentiroso, e mesmo velho continua dizendo mentiras.

— Não estou entendendo.

— Está entendendo perfeitamente: o dicionário de latim está lá, no chão.

Não repliquei. Quando quer se descarregar, Vanda sempre parte de pequenos fatos sem importância. Fui até o canto que ela me apontara com um gesto exausto. No chão, entre outros livros em bom estado, estava o dicionário de latim, aberto na página onde estava impresso o nome que dezesseis anos antes eu tinha dado ao gato. Um acaso. A princípio me pareceu que a própria Vanda dava pouco peso àquilo. Falou sem a costumeira ironia, com uma voz que era só um meio de encadear as palavras, como se estivesse indiferente ao sentido. O dicionário — murmurou, tornando a olhar para além da grade da sacada — estava aberto na letra L, e a palavra *labes* estava sublinhada a caneta, assim como seus significados, um por um. *Queda, desmoronamento, desabamento, ruína*. Uma das suas brincadeiras. Eu chamava o gato com carinho, e você se divertia ao ouvir como aquele nome, sem que eu soubesse, ressoava pela casa com toda a negatividade: *desastre, desventura, imundície, infâmia, vergonha. Vergonha*, é o que você me fazia dizer. Você sempre foi assim; mostra-se afetuoso e enquanto isso desafoga os maus sentimentos por vias tortas. Nem sei quando compreendi que você é assim. De todo modo, foi cedo, décadas atrás, talvez até antes de nos casarmos. Mas mesmo assim me uni a você. Eu era jovem, me sentia atraída, não sabia como a atração é casual. Por anos não fui feliz nem infeliz. Entendi tarde que os outros despertavam em mim a mesma curiosidade que eu sentia por você. Olhava ao redor desconcertada. A cada oportunidade — dizia a mim mesma — poderia ter um amor: é como a chuva, uma gota se choca ao acaso com outra, forma-se um riacho. Bastaria insistir na curiosidade inicial, e a curiosidade se tornaria atração, a atração cresceria até induzir ao sexo, o sexo imporia a repetição, a repetição fundaria uma necessidade e um hábito. Mas achava que devia amar só você, para sempre, e então olhava para o outro lado, me dedicava aos caprichos das crianças. Que estupidez. Admitindo que eu o tenha amado — e hoje não estou certa disso: o amor é um recipiente no qual enfiamos tudo —, durou pouco. Com certeza, para mim, você não foi nada de único, nada de intenso. Apenas permitiu que eu me considerasse uma mulher adulta: viver a dois, o sexo, os filhos. Quando você me abandonou, sofri sobretudo pelo que sacrifiquei inutilmente a você. E quando o recebi de volta na casa, só o fiz para que você me restituísse aquilo que me tomara. Mas logo entendi que, no emaranhado de emoções e desejos e sexo e sentimentos, era difícil estabelecer o que você devia me devolver, por isso fiz de tudo para devolvê-lo a Lidia. Nunca acreditei que você tivesse se arrependido, que tivesse se dado conta de que só amava a mim, e a nenhuma outra. Pensava todo dia em como havia me enganado. Você não sentia absolutamente nada por mim, nem aquele sentimento de proximidade, de simpatia, que impede um ser humano de permanecer de braços cruzados quando outro ser humano sofre mortalmente. Você tinha demonstrado de todas as maneiras que amava Lidia como nunca me amara, e eu já sabia que, se um homem ama outra, nunca vai voltar para a esposa por amor. Então disse a mim mesma: vamos ver quanto ele resiste até escapar de novo para ela. Mas, quanto mais eu o atormentava, mais você se dobrava. A *labes*, sim, você tem razão. Passaram-se anos e décadas nesse jogo, e fizemos dele uma rotina: viver no desastre, gozar da ignomínia, essa foi nossa solda. Por quê? Talvez pelos filhos. Mas hoje de manhã já não tenho certeza disso, me sinto indiferente até em relação a eles. Agora que estou perto dos oitenta anos posso dizer que não gosto de nada da minha vida. Não gosto de você, não gosto deles, eu mesma não gosto de mim. Por isso, talvez, quando você foi embora, eu tenha reagido tão mal. Me senti estúpida, não tinha sido capaz de ir embora antes de você. E quis com todas as minhas forças que você voltasse só para poder lhe dizer: agora sou eu que vou. Mas, olhe só, ainda estou aqui. Assim que você se esforça em dizer uma coisa com clareza, se dá conta de que é clara só porque a simplificou.

Grosso modo a fala foi mais ou menos esta, resumida com palavras minhas. Pela primeira vez desde que nos reconciliamos ela se esforçou para ser explícita, mas sem demonstrar nenhum envolvimento. De quando em quando a interrompi com frases de morna contestação, mas ela não me ouviu, ou não quis ouvir. Seguiu em frente como se falasse apenas a si mesma e, a partir de certo ponto, eu também me isolei. Tinha em mente uma só pergunta: por que você decidiu me falar com tanta dureza, como é que não se dá conta de que muitas dessas palavras podem ter gravíssimas consequências na nossa velhice. Eu mesmo respondi: não se assuste, ela é diferente de você, nunca teve o medo que você tem desde a primeira infância; é por esse motivo que ela sabe se exceder, aliás, tornando-se com os anos cada vez mais indiferente, gozará sempre mais com o excesso, vai repetir continuamente essa fala cruel; por isso não diga nada, lhe destruíram a casa, está cansada, abatida pelo esforço que a espera; neste momento só precisa de um pequeno empurrão para largar tudo como está e ir embora; portanto, se você tiver de falar, proponha chamar alguém que lhe dê uma mão nos trabalhos, convença-a de que não é uma grande despesa, recorde-lhe que ela tem ossos frágeis e não pode se estafar; enfim, se esquive, faça de conta que não é nada, proteja os dias, os meses e os anos que lhe restam.

5.

Não sei por quanto tempo minha mulher falou: um minuto, dois, cinco. O certo é que, vendo que eu não reagia, a certa altura olhou o relógio e se levantou.

— Vou fazer umas compras — disse. — Fique atento ao telefone e ao interfone.
Respondi com solicitude:
— Vá, não se preocupe. Se os ladrões derem notícias, eu me viro, vamos reaver Labes.
Ela não replicou. Mas quando reapareceu, pronta para sair com o carrinho de compras, balbuciou:
— O gato está perdido.
Queria dizer que tinha perdido toda a esperança de recuperá-lo, acho. Enquanto atravessava a sala de estar, o vestíbulo, e abria a porta de casa, me explicou que eu devia prestar atenção ao telefone e ao interfone não por eventuais ligações dos criminosos, mas porque já tinham se passado duas semanas e a empresa que nos alugara o estimulador elétrico mandaria alguém para retirar o aparelho naquele dia.
— Não deixe que lhe roubem de novo — disse, e fechou a porta atrás de si.
Porém, se ela não acreditava mais na hipótese do resgate, eu, que sabia do sumiço dos polaroides, percebi que acreditava nisso mais do que antes. Cheguei até a me perguntar: quem vai se apresentar para retirar o estimulador? Um entregador qualquer ou a garota de olhos vívidos? Logo não tive dúvidas de que seria ela. O tempo passou, minha mulher voltou das compras e começou a cozinhar alguma coisa. Fingi estar tranquilo, mas me sentia muito agitado, com dor de cabeça. Já podia ver a garota na soleira, e ela então me diria: estamos com Labes, temos as fotos, o valor a pagar é este. Eu perguntaria: se não? Senão, responderia a garota — ou melhor, respondia, respondia, respondia —, senão matamos o gato e entregamos as fotos a quem possa interessar. Enquanto eu comia um pouco de queijo *stracchino*, meu coração me pareceu enorme no peito.
Depois do almoço, talvez porque o desabafo a depurara, Vanda voltou a ser a mesma de sempre. Metódica, sem parar

um instante, pôs em ordem a cozinha, o quarto de casal, o quarto de Anna, o de Sandro, e ainda fez uma lista detalhada do que era preciso mandar consertar. Ela estava ligando para um marceneiro de sua confiança e discutindo preços, quando escutei o interfone. Fui atender. Uma voz de mulher me disse que precisava retirar o estimulador. Era a mesma garota de duas semanas atrás? Difícil dizer, foram só poucas palavras. Abri o portão, corri para uma janela que dava para a rua, me espichei. Era ela. Mantinha a porta aberta com uma mão, mas não se decidia a entrar, falava com um homem que eu via de costas, meio encoberto pelos ramos da magnólia. Comecei a respirar com dificuldade, sempre acontece quando fico ansioso. Pela posição em que eu estava, não era possível assegurar se era o trambiqueiro das jaquetas de couro falso; entretanto o sangue fervia e me deixava tonto, eu desejava e ao mesmo tempo temia que fosse ele. Sobre o que estavam discutindo? Qual era a estratégia deles? A garota subiria, o homem esperaria lá embaixo? Não, parece que estava decidido, os dois subiriam. Todo relato é um beco sem saída, sempre se chega a um momento como este. Então o que fazer, voltar atrás, recomeçar? Mesmo sendo velho o bastante para saber que toda história mais cedo ou mais tarde esbarra na última palavra? Percebi com clareza o mesmo medo que me tomava quando meu pai finalmente se decidia a vir jantar conosco. Estávamos todos à mesa havia tempo, ouvíamos seus passos indolentes pelo corredor. Como estaria seu humor, bom, ruim? O que ele diria, o que faria? Minha mulher — que acabara de encerrar a ligação, mas não devia ter ouvido o interfone — gritou do quarto de casal:

— Pode vir aqui um instante? Me ajuda a empurrar o armário?

Terceiro livro

Primeiro capítulo

1.

Nossa mãe nos deixou a poucos metros do bar. Quantos anos eu tinha? Nove? Sandro tinha feito treze uns meses antes, lembro porque mamãe e eu preparamos um bolo, e ele, diante das velas acesas, falou que se conseguisse apagar todas elas com um sopro queria realizar um desejo. Qual, perguntou nossa mãe. Me encontrar com papai, ele respondeu. Assim, por culpa dele, lá estávamos nós, na frente daquele bar. Estou com medo. Não sei nada a respeito do meu pai, antigamente gostava dele, mas há tempos não gosto mais. A ideia de encontrá-lo me dá dor de barriga, não quero dizer a ele que preciso ir ao banheiro, me envergonho. Por isso estou muito chateada, tanto com meu irmão — que quer mandar em tudo — quanto com minha mãe, que no final faz sempre o que ele quer.

2.

Só isso, não me lembro de mais nada. Mas francamente não estou nem aí, é só uma desculpa para ligar para Sandro. Telefono, o celular toca com insistência, depois aciona a mensagem de voz. Espero dois minutos e chamo de novo. Depois de cinco tentativas ele atende com voz irritada e diz: o que você quer? Pergunto sem preâmbulos: lembra quando fomos encontrar o papai naquele bar da Piazza Carlo III? Faço voz de menina, com miados e risinhos, como se não tivesse acontecido nada, como se eu não tivesse feito de tudo para lhe tirar o dinheiro de tia Gianna, como se não tivesse gritado que, se de fato ele não quisesse me dar nem um centavo, ele para mim estava morto, morto e enterrado, não queria mais vê-lo.

Silêncio. Deve estar pensando: aos quarenta e cinco anos completos ela diz babaquices como se tivesse quinze. Ouço cada pensamento dele, cada ponto e vírgula, e vejo que me detesta. Mas não importa, disparo a falar de papai e mamãe, da nossa infância, do encontro de tantos anos antes com nosso pai, de um vazio da memória que de repente tive vontade de preencher. Ele tenta me interromper, mas comigo não dá, não permito que ninguém faça isso. Digo de supetão:

— Vamos nos ver.
— Estou ocupado.
— Por favor.
— Não.
— Hoje à noite?
— Você sabe que tem um compromisso hoje à noite.
— Qual?
— É sua vez de dar comida ao gato.
— Eu não vou lá, nunca fui.
— Está brincando?
— É isso mesmo.
— Você prometeu à mamãe.
— Prometi, mas naquela casa, sozinha, não consigo ficar.

Continuamos assim por um tempo, com frases desse tipo, até que, por fim, ele entende que estou falando sério, que a semana dos nossos pais na praia está quase acabando, e eu sempre pulei minha vez. Ah — ele diz —, é por isso que eu achava a casa fedendo a mijo, o pote de água quase vazio, a tigela sem nem um grãozinho e Labes agitadíssimo. Está furioso, diz entredentes que eu sou uma egoísta, insensível, irresponsável. Mas não me chateio, continuo com as afetações, as risadas, os terrores falsos e verdadeiros, a autoironia. Aos poucos, ele se acalma. Tudo bem, diz com o tom de quando quer me esmagar com sua autoridade de irmão mais velho, vá para Creta com o último que você rebocou: eu mesmo cuido de Labes hoje à noite, e nunca mais me encha o saco.

Silêncio. E aqui eu mudo, sempre sei o momento certo de transformar a voz e assumir um tom patético, idêntico ao de mamãe. Murmuro: falei de Creta e do novo namorado só para não preocupar nossos pais; na verdade não vou tirar férias este ano, estou sem um centavo e cansada de tudo.

Pronto, eu o conheço, agora está contra o muro. Diz: tudo bem, vamos juntos ver Labes.

3.

Nos encontramos na entrada do prédio dos nossos pais. Odeio toda a zona da Piazza Mazzini, inclusive esta rua, o cheiro de poluição e de rio que chega até aqui. Labes mia sem parar, dá para ouvir das escadas. Subimos. Que nojo, digo ao entrar, e corro para abrir sacadas e janelas. Então começo a falar com o gato, lhe digo como ele é nojento, e isso o acalma, vem correndo roçar meus tornozelos. Porém, assim que ouve Sandro cuidando da sua comida, me deixa e vai até ele depressa. Fico na sala de estar. Esta casa me entristece, vivi aqui dos dezesseis aos trinta e quatro anos. É como se nossos pais, junto com seus cacarecos, tivessem trazido para cá o pior de todas as casas em que moramos.

Sandro reaparece, ouço Labes mastigando na cozinha. Meu irmão está nervoso, já fez sua tarefinha, quer ir embora o mais rápido possível. Mas eu me sento no sofá e recomeço a falar da nossa infância: o pai que nos abandona, a mãe que se desespera, nosso encontro com papai. Sandro continua de pé para deixar claro que está com pressa. Balbucia frases genéricas, sente-se na obrigação de bancar o filho afetuoso, transborda de gratidão e se irrita por eu girar em torno daquele episódio com tons sarcásticos.

— Você está dizendo bobagens — exclama —, foi o papai que pediu aquele encontro, eu não tenho nada a ver com isso. De resto, não era num bar e não era na Piazza Carlo III. Mamãe nos acompanhou até a Piazza Dante e papai estava lá, nos esperando sob o monumento.

— Eu me lembro de um bar e da Piazza Carlo III. O papai uma vez disse bar.

— Ou você confia em mim, ou é inútil conversarmos. Ele nos levou a um restaurante da Piazza Dante.

— E o que aconteceu?

— Nada, ele falou o tempo todo de si.

— O que ele disse?

— Basicamente que trabalhava na televisão, encontrava atores e cantores famosos, tinha feito bem em deixar a mamãe.

Caio na risada.

— Com certeza. Também acho que ele fez bem.

— Você diz isso agora, mas na época não dormia de noite e vomitava tudo o que comia. Você complicou mais minha vida e a da mamãe do que o papai.

— Você é um mentiroso, nunca me importei com ele.

Ele balança a cabeça, mordeu a isca, decide se sentar.

— Pelo menos se lembra de quando falou a ele dos laços?

Laços? Meu irmão é assim, gosta de pegar um detalhe qualquer e bordar em cima dele. Com essa conversa ele agrada muito às mulheres, primeiro as faz rir e depois transforma tudo em melodrama. Na minha opinião, em vez de estudar geologia, ele deveria ter seguido os passos de papai, trabalhar na televisão, quem sabe ser diretor, falar a senhoras e mocinhas através da tela. Olho para ele fingindo curiosidade pelo que está prestes a me contar. É bonito, tem modos de grande cavalheiro, sabe desdobrar-se em cortesias. E como é magro, sorte dele, que rosto liso de adolescente, tem quase cinquenta anos e ninguém lhe dá mais de trinta. Mantém sob controle três esposas. Esposas, sim, apesar de ter se casado apenas uma vez. E tem quatro filhos, o que nesses tempos é um recorde: dois da primeira, a esposa oficial, e um de cada uma das outras duas. Além disso, tem amigas de todas as idades, que ele visita com frequência e às quais oferece de bom grado não só o ouvido atento, mas também, se precisarem, um pouco de sexo. Sabe como fazer, esse é o ponto. Não tem um centavo, dilapidou a herança de tia Gianna distribuindo dinheiro a mulheres e descendentes, perde sucessivamente os empregos que encontra; mesmo assim, segue adiante sem os problemas de subsistência que eu tenho. Por quê? Porque as mães dos seus filhos são todas de condição abastada e, mesmo quando passam a outros homens, continuam a considerá-lo um rapaz afetuoso, ótimo pai, o que faz dele um recurso seguro. É preciso vê-lo com os filhos, que o amam muito. Claro, de vez em quando termina se metendo em enrascadas, porque até ele tem dificuldade em manter uma rede tão complicada de afetos, e então entre suas mulheres estouram guerras ferozes para tê-lo só para si. Mas até hoje ele se virou, e eu sei por quê. Meu irmão é um homem falso. Falso até consigo mesmo. O motivo pelo qual ele consegue distribuir atenção e conforto a tantas — muitas vezes com tiradas moralistas que, na sua boca, soam realmente hipócritas — é que sabe imitar bem os bons sentimentos sem jamais sentir nenhum.

— Laços de que tipo? — pergunto.
— Laços de sapato. Enquanto estávamos comendo, você lhe perguntou se eu tinha copiado dele meu jeito de amarrar os sapatos.
— Desculpe, mas como é que você amarra?
— Do mesmo jeito que ele.
— E ele, como amarra?
— De um jeito só dele.
— E ele sabia que você amarrava os sapatos que nem ele?

— Não, foi você que o fez notar.
Disso realmente não me lembro. Pergunto:
— Como é que ele reagiu?
— Ficou comovido.
— Como assim?
— Caiu no choro.
— Não acredito, eu nunca o vi chorar.
— Foi assim.
Labes aparece com cautela. Me pergunto se virá para mim ou para Sandro. Sinto que queria que viesse para mim, mas só para eu poder enxotá-lo. Com um pulo, o gato salta nos joelhos do meu irmão. Digo com uma ponta de antipatia:
— Tenho certeza de que foi você que quis encontrá-lo.
— Pense como quiser.
— De todo modo, por que a mamãe concordou? Ela já tinha parado com aquelas loucuras, estávamos habituados à ausência definitiva dele, deveria ter dito não. Como é que lhe veio a ideia de remexer tudo de novo?
— Deixe para lá.
— Não, eu quero saber: por quê?
— Fui eu que insisti.
— Então está vendo que você tem a ver com isso?
— Eu insisti porque você estava péssima.
— Oh, quanta generosidade.
— Eu era um adolescente. Pensei que, se nosso pai visse pessoalmente a situação em que você estava, perceberia que você precisava dele e então voltaria.
— Quer dizer que, na sua opinião, papai teria dado marcha a ré por minha causa?
— Não se iluda.
— Então por quê?
— Será possível que você não se lembra de nada?
— Não.

— Tudo bem, vou lhe dizer outra coisa. Na manhã do encontro, foi mamãe quem lhe disse: notou o modo ridículo como seu irmão amarra os sapatos? Culpa do seu pai, que nunca fez nada direito: quando o encontrar, diga isso a ele.
— E daí?
— Essa história dos laços envolveu todos nós. Papai voltou pela mamãe, por mim, por você. E nós três quisemos que ele voltasse. Entendeu?

4.

Este é Sandro, sabe dar a cada coisa um aspecto meloso, que tranquiliza. Olhe só, agora, como ele mima Labes. Faz carinho, apalpa, o gato está feliz. Faz assim com todos, animais e seres humanos. É o docinho da mamãe, papai só fala de coisas sérias com ele. Assim ele se apodera de tudo — afeto, admiração, dinheiro — e só me deixa as migalhas. Ah, que pessoa falsa. E como sua versão do episódio dos laços é falsa, falsa, falsa. *Ele* teria induzido mamãe a nos levar até papai só porque *eu* estava mal? E nós dois o teríamos comovido a ponto de fazê-lo voltar correndo para casa? E nossa mãe teria participado disso? E assim nossa linda família se recompôs? Quem ele acha que eu sou, uma das suas adoradoras? Retruco:
— Os únicos laços que contam para nossos pais são os que eles usaram a vida inteira para torturar um ao outro.

Então me levanto, tiro Labes do seu colo, o levo até a sacada fazendo carinho. Primeiro o gato se esquiva, depois cede. De lá, da varanda, digo a Sandro: nossos pais nos deram de presente quatro cenários muito instrutivos. Primeiro: mamãe e papai jovens e felizes, as crianças gozando o jardim do éden; segundo: papai encontra outra mulher e desaparece com ela, mamãe delira, as crianças perdem o éden; terceiro: papai se arrepende e volta para casa, os filhos tentam retornar ao paraíso terrestre, mamãe e papai demonstram diariamente que é um esforço inútil; quarto: as crianças descobrem que o éden nunca existiu e que é preciso se contentar com o inferno.

Ele faz uma careta de desgosto:

— Você é pior do que nossa mãe.

— Você não gosta mais da mamãe?

— Não gosto mais de *você*: minha mãe lhe transmitiu os defeitos dela, e você os piorou.

— Quais?

— Todos.

— Um exemplo.

— As enumerações: primeiro, segundo, terceiro, quarto. As duas adoram levantar cercas e enfiar os outros lá dentro.

Respondo com frieza que estava me limitando a traçar um quadro do que tínhamos passado juntos. Mas você precisa logo me humilhar — me lamento —, e sem motivo nenhum: se eu sou pior que mamãe, você é pior que papai, nunca ouve ninguém; aliás, herdou o pior de ambos, porque não só não escuta, mas ainda por cima, exatamente como mamãe, se agarra a qualquer detalhe minúsculo e constrói em cima dele uma montanha de idiotices. Ele me fixa com os lábios apertados, balançando a cabeça, e então consulta o relógio. De um lado, teme ter exagerado, de outro, está pensando que comigo não tem jeito, a paz é impossível, só sou capaz de brigar. Volto à sala de estar e, antes que ele se levante para ir embora, torno a sentar no sofá. Labes se agita de novo, beijo sua cabeça para acalmá-lo. É hora de revelar ao meu irmão o real motivo por que telefonei a ele. Murmuro frases do tipo: mas o que é que a gente pode fazer, não se escapa dos cromossomos, não é culpa minha nem sua, herda-se tudo, até o modo de coçar a cabeça. E rio, como se tivesse dito algo espirituoso. Então, sempre rindo e sem nenhum preâmbulo, anuncio que há algum tempo tenho uma ideia rondando minha cabeça. Vamos propor à mamãe e ao papai — digo — a venda desta casa: vale pelo menos um milhão e quinhentos, dividimos exatamente meio a meio, ficamos com setecentos e cinquenta cada.

5.

Sandro de repente me olha com interesse. Pelo menos sobre esse ponto não se discute: é da mamãe que deriva nossa obsessão por dinheiro. Papai ganhou bastante, mas estava tão tomado pelas suas ambições que é como se nem tivesse percebido. Para ele o que contava era o trabalho, a necessidade de aprovação, o medo de perdê-la. Quanto ao dinheiro, quem se dedicou a ele foi sempre e exclusivamente mamãe. Poupou, acumulou, quis comprar esta casa. Nos fez sentir a importância de cada centavo, e o próprio amor pelos filhos tomou a forma do dinheiro. Na verdade nunca o acumulou para si nem para papai, mas para nos dar boa vida no presente e garantir nosso futuro. A caderneta de poupança, a conta corrente, este apartamento foram sua maneira de nos dizer que nos amava. É o que eu achei por muito tempo, e talvez Sandro também. A prova de que eu amo vocês — nossa mãe nos demonstrava todo dia — é que não gasto nada comigo, mas guardo para vocês. A consequência disso é que, quanto a mim, a falta de dinheiro é a prova da minha incapacidade de me fazer amar. Acho que é por isso que me irritei tanto quando tia Gianna deixou quase toda a herança para Sandro. Ou pelo menos foi o que os médicos me disseram quando essa história me fez pirar e eles me encheram de remédio. Mas é tão difícil organizar a cabeça, há sempre algo que não se encaixa. Deve até ser verdade o nexo sem dinheiro/sem afeto, mas então por que é que, assim que tenho dinheiro, gasto tudo, e assim que alguém se afeiçoa a mim eu o afasto? De resto, com Sandro não é igual? Todas aquelas mulheres ricas, todos aqueles filhos ultramimados não são o sinal de um buraco que não se fecha? Se para nossa mãe o prazer — talvez seu único prazer — foi economizar, nós temos a impressão de que só nos sentimos bem quando gastamos. Meu irmão e eu, idênticos. Ainda mais nestes tempos, em que não há dinheiro. E com a velhice que avança. Estou gorda, as rugas e os cabelos brancos se multiplicam. Como odeio Sandro por essa sua beleza de rapazinho, cílios longos, olhos verdes, todos os cabelos firmes aos cinquenta anos, e muito pretos, nada de tintura, atlético, nem faz esportes. Finalmente está me ouvindo, estou divagando para lhe dar tempo de assimilar minha ideia. Digo: eles pertencem a uma geração de sorte, passaram da miséria para o conforto, papai conseguiu até algum reconhecimento, ambos têm uma bela aposentadoria, o que mais eles querem — concorda?

Nesse ponto meu irmão pisca os olhos como para apagar o quadro que estou traçando e pergunta:

— Mas por que eles venderiam e dariam o dinheiro para nós?
— A casa é nossa.
— A casa é deles.
— Sim, mas nós vamos herdá-la.
— E daí?
— E daí que podemos pedir que antecipem a herança.
— E onde eles vão viver?
— Alugamos um apartamento menor para eles, dois cômodos e cozinha numa zona menos central, e pagamos o aluguel.
— Você é maluca.
— Por quê? Você se lembra de Marisa?
— Quem é?
— Minha amiga de Nápoles.
— E daí?
— Ela pediu a mesma coisa aos pais, e eles concordaram.
— Mamãe nunca concordaria. Esta é a casa dela, cuidada em cada detalhe. E para papai é a evidência de que algo do seu trabalho permaneceu.
— Mas a vida passou.

— Não acho. Ainda poderiam viver pelo menos vinte anos.

— Justamente. E daqui a vinte anos eu vou ter sessenta e cinco anos e você setenta, se é que chegamos lá. Aos sessenta e cinco anos, o que é que eu vou fazer com metade desta casa? Raciocine, não me obrigue como sempre a fazer o papel da megera. Eles são dois idosos. Qual o sentido de morarem num castelo com vista para o Tibre?

Ele sacode a cabeça e me olha com sábia desaprovação. Quer que eu me sinta culpada, faz isso desde que somos pequenos. Sem dúvida o dinheiro o fascina, dá para ver na cara dele. Mas eu o conheço, percebo que está se roendo por dentro. Para ele, o ideal seria que eu fizesse tudo sozinha — falasse com nossos pais, os convencesse, vendesse a casa, dividisse o montante entre mim e ele, naturalmente em partes iguais —, deixando-lhe o papel do filho perplexo que faz objeções éticas e se preocupa com mamãe e papai. Uma parte de mim sabe que, se eu quiser sua concordância, não devo atacá-lo de frente, devo assimilar suas tiradas de peito aberto. Mas outra parte de mim já está se agitando. Querendo ou não, eu também tenho meus escrúpulos, não sou um mineral. Por isso, se ele me espicaçar, não sei bem como isso vai terminar. Mas ele não só me espicaça, mas me fere.

— Como você reagiria — me pergunta — se daqui a trinta anos seus filhos fizessem o mesmo?

6.

Respondo no ato. Dos nossos pais — digo — só aprendi uma coisa: que é melhor não ter filhos. Depois, com calma fingida, estrangulando a voz na garganta, insisto: em todo caso, a gente sempre acaba fazendo mal aos filhos e, consequentemente, é preciso esperar que eles nos façam mais mal ainda. Sei que você não gosta de frases extremas desse tipo, mas recorro a elas de propósito. Você pôs quatro filhos no mundo, uma irresponsabilidade, vamos ver agora como vai se virar.

Vai se virar como sempre, apelando ao autoelogio. Naturalmente está convencido de que o caminho certo é o dele: multiplicação das mães, multiplicação das paternidades, multiplicação dos núcleos afetivos e sexuais. E confusão dos papéis. Enfim, o término do conceito tradicional de casal: nenhuma monogamia, várias mulheres, todas amadas, vários filhos, todos adorados: eu — me diz com sua habitual empáfia melosa —, quando cuido das crianças, não lhes deixo faltar nada; sou pai e mãe para eles.

Tento não replicar, dou-lhe um tempo para se gabar da sua largueza de visão. Mas meu irmão me aborrece, por mais que eu tente não me envolver. Então, a certa altura, disparo que ele nunca saiu realmente das confusões em que crescemos, que ele despeja nos filhos as angústias que nossa mãe nos transmitiu: o homem que se torna mulher, a mulher que se torna homem, papai que se torna mamãe, mamãe que se torna papai, travestismo doméstico, truques verbais, você é um menininho assustado. E, enquanto falo, cresce dentro de mim uma fúria que em geral fica silenciosa em algum canto. Sibilo que sou pela abolição dos filhos, pela abolição da gravidez e do parto, abolição, sim, a-bo-li-ção. Quero eliminar até a memória da reprodução fixada na barriga da mulher, os órgãos genitais devem servir apenas para mijar e foder. Aliás — grito para ele —, nem sei mais se foder vale a pena. E brigamos — Labes se assusta, sai de fininho —, amontoamos frase sobre frase, palavra sobre palavra. Quantos clichês ele é capaz de sacar para se defender: abraçar-se de noite com a pessoa amada acalma a ansiedade; amar é melhor do que a fé num deus, é como uma oração contra o risco permanente de morte; ter filhos atenua a angústia; ah, como são ternas as alegrias que a prole nos dá, como é entusiasmante vê-los crescer: você percebe que é o elo de uma corrente infinita, os que vieram antes de você e os que virão depois, a única forma possível de imortalidade etc. etc. etc.

Escuto. Sua fala parece uma homilia benévola, mas no fundo visa me fazer mal. Quer que o inveje por sua alegria com todos os descendentes. Quer que me arrependa de ter renunciado a procriar, quer me fazer sofrer. Você — enfatiza — não tem filhos e não pode entender, por isso fala à toa. E é verdade — respondo, perdendo definitivamente a calma —, eu não posso entender, não posso entender esse semear às cegas, não posso entender todas essas cavalas que tremulam se desfazendo em humores, com a orelha no tique-taque do relógio biológico. Relógio biológico, que expressão sem graça. Eu nunca ouvi nenhum tique-taque, o tempo correu em silêncio, e é melhor assim. Imagine se eu iria parir urrando de dor, se me deixaria esquartejar sob a anestesia para depois acordar com nojo de mim mesma, deprimida, arrasada pelo terror desses bonequinhos para o resto da vida. Ah, sim, viver para eles. Você os fez — copia e cola — e agora precisa mantê-los, não importa o que acontecer. Oferecem-lhe um belo trabalho no exterior, ou você precisa se esforçar dia e noite por um resultado almejado, ou bate a vontade de dedicar todo o seu tempo a um homem: mas não, os filhos estão ali, lembrando que não é possível, eles precisam de você, pequenas serpentes exasperadoras, com suas tenazes potentes e ferozes. Qualquer coisa que se faça para contentá-los é sempre muito pouco. Eles o querem só para si e inventam de tudo para atrapalhar suas urgências. Não só você não é mais dona do seu nariz — que cretinice também esse velho slogan —, mas não pode sequer tentar ser plenamente de um outro, porque agora você pertence exclusivamente a eles. De modo que — gritei — fazer filhos é renunciar a si mesmo. Repare pelo menos uma vez como é que você vive. Agora vai correndo à Provença devolver os meninos a Corinne, depois vai ver a menina de Carla, depois, o filho de Gina. Ah, que bom pai, ah, que amante. Mas você está feliz? E eles — quando você chega, quando vai embora — ficam contentes? Tenho alguma lembrança de quando papai vinha nos visitar nos fins de semana. Não lembro acontecimentos específicos, mas me ficou um sentimento insuportável de infelicidade — isso é certo —, que não passou nunca. Queria meu pai só para mim — desejava tirá-lo da mamãe e de você —, mas ele não era de nenhum de nós, ficava ali e no entanto estava ausente, tinha renunciado a mim, a você, à mamãe. E tinha agido bem, logo entendi. Ir embora, embora, embora. Nossa mãe lhe parecia a negação do prazer de viver, e nós também, também eu e você. E ele não estava errado, éramos isso mesmo, a negação, a negação. Seu erro de fato foi não ter conseguido nos rejeitar até o fim. Seu erro foi que, uma vez que você decide se comportar de modo a ferir profundamente, de modo a matar ou de qualquer maneira danificar para sempre outros seres humanos, você não deve nunca voltar atrás, deve assumir a responsabilidade pelo crime até as últimas consequências, não se comete um crime pela metade. Mas ele, nada, ele é apenas um homenzinho encolhido por dentro. Resistiu até quando se achou com a razão, até quando acreditou gozar de consenso. Depois, assim que tudo começou a se ajustar e o consenso ruiu, assim que a efervescência baixou e ele sentiu remorsos, cedeu. Voltou, entregou-se ao sadismo da mamãe. E ela lhe disse: vejamos quais são suas intenções, não confio em você, não confiarei nunca mais, nunca vou acreditar que você voltou por causa dos filhos e de mim; não vou acreditar, porque eu sei na carne, nos meandros mais secretos da minha cabeça, quanto custa uma escolha tão definitiva. Por isso a cada minuto, a cada hora, vou submetê-lo a um teste. Vou pôr à prova sua paciência e sua constância. E farei isso sob os olhos das crianças, para que vejam, para que saibam que homem você é. Diga sim ou não: quer sacrificar sua vida a nós assim como eu a sacrifico a vocês; está disposto a nos colocar sempre em primeiro lugar? Nada de se amar, Sandro, nada de recomposição da família. Nossos pais nos destruíram. Os dois se instalaram em nossas cabeças, não importa o que a gente diga ou faça, continuamos obedecendo a eles.

Nessa altura, como sou uma idiota, não aguento e caio no choro. Ah, sim, eu choro, choro como qualquer cretina, sem saber por quê. Estou furiosa comigo por essa fragilidade, meu irmão sabe como se aproveitar. Mas não o faz. Parece perturbado pelo meu monólogo, tenta me acalmar. Então sufoco em soluços, enxugo as lágrimas, faço uma voz frágil, me queixo porque ninguém gosta de mim, nem mamãe, nem papai. Nunca me amaram, digo. E questiono a gratidão que os filhos deveriam aos pais pela vida que receberam. Gratidão? Rio, exclamo: são nossos pais que nos devem um ressarcimento. Pelos danos que nos causaram ao cérebro, aos sentimentos. Ou não? E asso o nariz, murmuro batendo a mão no sofá: Labes, venha aqui.

O gato me surpreende: com um salto, se acomoda ao meu lado.

7.

Estou exausta, o choro abriu caminho à dor de cabeça, sofro disso que nem papai. Mas as lágrimas também tiveram um efeito benéfico, sinto que entre mim e Sandro houve uma reaproximação e, se eu a consolidar, ele mesmo vai voltar à minha proposta. Acaricio Labes, decido revelar ao meu irmão um segredo que descobri por acaso, tempos atrás, folheando o dicionário de latim para um trabalho. Digo o que significa aquele nome, significa desventura, significa ruína. Ele se mostra incrédulo, conhece a versão oficial de papai, Labes é o animal de casa. Para convencê-lo, vou até o escritório seguida pelo gato e pego o dicionário. Que calor. Na volta, me sento no chão, acho a palavra, sublinho o verbete com seus significados, faço sinal a Sandro. Quero que me diga o que acha daquela tirada infame, e ele vem desanimado. Ora, murmura, mas por que ele teria feito isso — e não diz mais nada, parece distraído. Insisto: que homem é esse que inventa brincadeiras desse tipo só para seu prazer solitário? É pérfido? Ou é só infeliz? Compreende o que significa querer ouvir continuamente, nesta casa, uma palavra que você escolheu e que seus familiares pronunciam sem saber o sentido? Ele faz um trejeito não sei se de adesão e por fim retoma a conversa sobre a venda do apartamento.

— Onde iríamos guardar todas as coisas deles?

— Três quartos de tudo deveriam ser jogados fora. Mudamos várias vezes de casa, mas mamãe nunca se desfez de nada, e ainda nos forçou a conservar todo tipo de bugiganga. Pode servir — ela dizia —, pode servir pelo menos para vocês se lembrarem de quando eram pequenos. Lembrar? Mas quem é que quer se lembrar? Odeio meu quarto, me dá náusea só de entrar, contém toda a merda possível desde que nasci até quando finalmente fui embora daqui.

— O meu não é diferente.

— Está vendo? E se esse argumento vale para nossos quartos, imagine o que pode acontecer quando fizermos uma varredura nas coisas deles? Vou lhe dar um exemplo: você sabe que mamãe conserva todas as notas fiscais das compras que fez... pão, massa, ovos, frutas... desde o primeiro dia de casada, em 1962, até hoje? E papai? Ele guarda até as bobajadas que escrevia aos treze anos. Sem contar os jornais e as revistas em que publicou, os apontamentos nos livros que leu, a transcrição de todos os sonhos que teve e assim por diante. Cacete, ele não é nenhum Dante Alighieri. Só escreveu umas bobagens para a televisão, só isso. Se alguém realmente se interessar pelas suas elucubrações, coisa em que não acredito, basta digitalizar tudo e está encerrada a questão.

— É o modo que eles têm de deixar uma marca.

— Marca de quê?

— Da existência deles.

— Eu deixo marcas? Você deixa marcas? Toda essa mania de conservar é uma característica da mamãe, o papai não está nem aí.

Ele sorri, e dessa vez percebo nos seus olhos uma infelicidade que não me parece fingida.

— Você acha?

— Mas claro. Se os convencermos a vender, vamos limpar a vida deles e assim faremos um favor a ambos.

— Não acho.

— Por quê?

— Em toda casa há uma ordem aparente e uma desordem real.

— Explique-se.

— Não explico nada, posso lhe mostrar.

Então ele se levanta e me faz um sinal para segui-lo. Labes corre atrás de nós. Entramos no escritório de papai, Sandro me aponta a estante.

— Você por acaso já viu o que há naquele cubo lá em cima?

8.

Finjo que estou achando graça, mas na verdade o choro não me abandonou, e sinto uma desolação que me mantém ansiosa. Se meu irmão pôs de lado bruscamente sua máscara e decidiu me mostrar um pouco do seu sofrimento, quer dizer que preciso me preocupar. Vejo-o subir ligeiro pela escada e descer com esse cubo azul, todo empoeirado. Tira a poeira com a manga da camisa e o passa para mim.

— Você se lembra?

Não, nunca tive curiosidade por aquilo, nada nesta casa jamais me despertou a curiosidade. Detesto esses mil objetos de mau gosto, detesto cada cômodo, cada janela, cada sacada, até o cintilar do rio e o céu baixo demais. Entretanto Sandro me diz que se lembra daquele cubo desde sempre, ele nos acompanha desde quando ainda morávamos em Nápoles. Olhe que bela cor — murmura —, como é liso: para ele, é a figura mais clamorosa da geometria. Quando por algum motivo nossos pais estavam fora de casa — ele conta —, eu remexia em cada canto. Foi assim que, certa vez, ele descobriu preservativos no criado-mudo do papai e creme vaginal no da mamãe. Que nojo, digo num impulso, mas depois me envergonho: tenho quarenta e cinco anos, estive com um número considerável de homens e mulheres, e ainda sinto asco pelo sexo entre meus pais? Rio nervosa, Sandro me olha incerto e diz: chega, você está tremendo. Fico surpresa com seu tom sinceramente delicado. Ele retoma o cubo e já vai trepando com agilidade pela escada a fim de recolocá-lo no lugar. Fico com raiva, digo a ele: não seja cretino, desça aqui, o que é que eu preciso ver? Ele para no alto, perplexo. É uma caixa — diz —, ela abre quando se pressiona deste lado. Então pressiona, e o cubo de fato se abre. Ele o sacode, deixa cair certo número de polaroides.

Me inclino para recolhê-los. As fotos mostram uma pessoa que nós dois conhecemos muito bem. E a conhecemos justamente assim, com este rosto feliz. Ela entrou na nossa cabeça numa manhã em que estávamos parados — eu, ele e mamãe — numa rua tranquila de Roma. Tínhamos vindo de Nápoles só para isso. Sentíamos por dentro uma palidez aterrorizada e esperávamos justamente por ela. Mamãe nos explicou: vamos esperar, disse, que ela saia daquele portão com o papai. De fato, quando nosso pai e a garota saíram — como estavam bonitos juntos, chegavam a brilhar —, mamãe disse: vejam bem como o papai está contente, aquela ali é Lidia, a mulher por quem ele nos deixou. Lidia: até hoje o nome me parece uma mordida de fera. Quando mamãe o pronunciava, seu desespero se tornava o nosso, nos sentíamos os três dentro de um corpo só. Mas naquela ocasião eu observei aquela garota atentamente e em torno de mim se rompeu o organismo único de que eu era parte. Pensei: como ela é linda, como é vibrante, quando eu crescer quero ser idêntica a ela. No mesmo instante me senti culpada por aquele pensamento, me sinto ainda, faz uma vida que me sinto assim. Tive consciência de que não queria mais me parecer com minha mãe e que, por isso, a estava traindo. Se tivesse tido coragem, teria gritado de bom grado: papai, Lidia, quero passear com vocês, não quero ficar com a mamãe, ela me assusta. Mas agora, neste preciso momento, sinto pela minha mãe e por mim uma pena enorme. Lidia está nua, e é deslumbrante. Nós duas não somos assim, nunca fomos, a presença secreta destas fotos o demonstra. Meu pai nunca se separou de Lidia, e como poderia: manteve-a escondida na memória e na nossa casa pela vida inteira. A nós, ao contrário, embora tenha voltado, ele nos deixou. E agora, que sou muito mais velha do que Lidia nestas fotos, e até mais velha do que minha mãe naquele tempo de dor insuportável, ao vê-la me sinto ainda mais humilhada.

— Desde quando você sabe destas fotos? — pergunto ao meu irmão, que acabou de descer da escada.

— Há uns trinta anos.

— E por que nunca mostrou isso à nossa mãe?

— Não sei.

— E a mim?

Dá de ombros, dá a entender que nem quer mais tentar me convencer dos seus bons sentimentos em relação a mim. Resmungo:

— Como você é bondoso. Como todos vocês são bondosos com as mulheres. Seus três grandes objetivos na vida são: nos comer, nos proteger e nos fazer mal.

9.

Sandro balança a cabeça e murmura algo sobre meu estado de saúde. Digo que estou bem, aliás, muito bem, e é bom que eu tenha lhe contado sobre o nome de Labes, e ele, do cubo azul.

Agora sabemos um pouco mais sobre nosso pai. Que homem é esse que não protesta nunca, que sempre diz sim, sim, que foi e é o escravo da mamãe. Como detestei o fato de ela o comandar à rédea curta, e ele se deixar torturar sem jamais se rebelar. E como o odiei porque nunca moveu uma palha para nos proteger dela. Papai, preciso disso. Peça à mamãe. Ela disse que não. Então é não.

Examino as fotos e as deixo cair uma a uma no chão.

— O que mais você sabe que eu não sei? — pergunto ao meu irmão.

Sandro recolhe pacientemente as fotos.

— Sobre papai não sei mais nada, mas bastaria começar a vasculhar para descobrir mais.

— E sobre mamãe?

Admite de má vontade que tem várias suspeitas, está convencido de que nossa mãe teve alguns amantes. Provas, eu digo, não conversa fiada. Quanto às provas, é preciso querer encontrá-las — responde. E confessa que por anos acreditou que ela tivesse um caso com Nadar. Nadar? Exclamo aos risos: não quero nem pensar nisso, mamãe com aquele medonho do Nadar, que nome ridículo. Sandro insiste: talvez tenha acontecido em 1985, você tinha dezesseis anos e eu, vinte. Pergunto: e a mamãe? Nunca soube fazer cálculos mentais. Ele responde: quarenta e sete, dois a menos que eu hoje, dois a mais que você. E Nadar? Ahm, sessenta e dois? Meu Deus, exclamo, quarenta e sete e sessenta e dois. Depois rio de novo e balanço a cabeça, incrédula: que desgosto, não acredito.

Mas meu irmão acredita, vejo que ele sempre acreditou nisso. Diz olhando ao redor: mais cedo ou mais tarde alguma coisa aparece, se não for Nadar é algum outro, basta olhar nos vasos de flores, ou entre as páginas dos livros, ou nos computadores. Lista muitos objetos possíveis, e pela primeira vez o observo com curiosidade. Sinto meu pai e minha mãe. Sinto sua presença pelos cômodos silenciosos, juntos e separados. Sandro murmura: um escondeu do outro, mas não sem deixar a ameaça de se descobrirem a qualquer momento. Nesse instante, sem uma razão evidente, seus olhos ficam úmidos. É um desses homens que se orgulham de saber chorar. Lê um romance, você pergunta que tal, e ele responde: eu chorei. Vê um filme, idem. Agora se debulha em lágrimas e chora mais do que eu chorei minutos atrás, tende sempre a exagerar. Para acalmá-lo lhe dou um abraço e o apoio ao meu lado, enquanto Labes mia desorientado. Talvez eu tenha sido injusta com Sandro. Era o mais velho, conservou mais lembranças. Os problemas dos nossos pais desabaram primeiro sobre ele e só depois — talvez de fato filtrados pela sua mania de me proteger — sobre mim. Digo: pronto, chega, vamos nos divertir um pouco, vamos esclarecer as coisas.

10.

Foram horas leves, talvez as mais leves já vividas nesta casa. Vasculhamos em toda parte, cômodo a cômodo. De início nos limitamos a desfazer a ordem dos nossos pais, acompanhados alegremente pelo gato. Depois nos deixamos levar e passamos a destruir tudo. Fazia cada vez mais calor, eu estava suada, logo me senti exausta. Disse a Sandro: chega, mas ele continuou cada vez mais obstinado. Então levei uma cadeira até a sacada da sala e com prazer senti que o gato se refugiava ao meu lado. Peguei-o no colo, conversei um pouco com ele. Estava com a cabeça desanuviada, desaparecera até a obsessão de convencer nossos pais a vender o apartamento, que ideia bizarra. Sandro reapareceu, tinha tirado a camisa. Idêntico a papai, pensei. Ele me olhou rindo:

— E então?
— Para mim já chega.
— Vamos embora?

— Vamos. Labes quer vir comigo.

Ele franziu o cenho.

— Isso não, aí já é demais.

— Que nada, vou levá-lo comigo.

— Deixe um bilhete para mamãe.

— Não.

— Então telefone assim que ela voltar.

— Para quê?

— Ela vai sofrer.

— O gato não. Viu como ele está bem?

© Giulio Einaudi editore S.P.A., Turim, 2014
© *introdução*, Jhumpa Lahiri, 2016

Todos os direitos desta edição reservados à Todavia.

Grafia atualizada segundo o Acordo Ortográfico da Língua Portuguesa de 1990, que entrou em vigor no Brasil em 2009.

capa
Elisa v. Randow
imagem de capa
Luigi Ghirri, Roma 1979
tradução da introdução
Rafael Mantovani
preparação
Silvia Massimini Felix
revisão
Ana Alvares
Renata Lopes Del Nero

11ª reimpressão, 2024

Dados Internacionais de Catalogação na Publicação (CIP)

Starnone, Domenico (1943-)
Laços / Domenico Starnone ; tradução Maurício Santana Dias. — 1. ed. — São Paulo : Todavia, 2017.

Título original: Lacci
ISBN 978-85-93828-08-9

1. Literatura italiana. 2. Romance. 3. Ficção italiana.
I. Dias, Maurício Santana. II. Título.

CDD 850

Índice para catálogo sistemático:
I. Literatura italiana : romance 850

Bruna Heller — Bibliotecária — CRB 10/2348

todavia
Rua Luís Anhaia, 44
05433.020 São Paulo SP
T. 55 11 3094 0500
www.todavialivros.com.br

fonte
Register*
papel
Pólen natural 80 g/m²
impressão
Geográfica